L'île du Dr Morose

Mike Gagnon

Published by Mike Gagnon, 2025.

L'ÎLE DU DR MOROSE

First edition. September 23, 2025.

Copyright © 2025 Mike Gagnon.

ISBN: 978-1988369679

Written by Mike Gagnon.

CHAPITRE 1

Un cadavre aux yeux écarquillés regardait le ciel. Le soleil éclatant brillait sur son visage brun, parfois interrompu par l'ombre d'une feuille de palmier qui se balançait dans la brise légère et chaude. Il était puant et putride à cause de la pourriture.

Le vent s'est levé, devenant fort et violent, soufflant de côté la mèche de cheveux qu'il avait laissée. Sa peau était foncée et ses vêtements feuillus et austères, typiques des habitants de cette île tropicale au large des côtes de

Haïti. Son corps entier était desséché et desséché à cause de l'exposition aux éléments.

Il semblait momifié, comme on pourrait s'y attendre de n'importe quel autre cadavre laissé dans les rudes conditions tropicales, à l'exception du fait qu'il était en mouvement. Le cadavre marchait, se baladait sur la plage, les yeux fixés sur le ciel et des palmiers qui se balançaient. La beauté de ce paradis tropical, avec l'eau salée qui claque la plage de sable blanc du rivage, a été perdue pour la créature. L'expression sur le visage de la créature éhontée semblait légèrement confuse, peut-être à propos de son état, peut-être à cause de la raison pour laquelle il était consumé par une faim si insatiable, ou peut-être simplement au bruit de hachage flottant dans la brise, qui devenait de plus en plus fort à chaque seconde. De façon inattendue, le cadavre n'avait rien d'unique. Un collier métallique brillant et brillant, étranger au simple natif. Une longue pointe à l'intérieur du collier enfonçait fermement la colonne vertébrale du monstre effréné.

« Ah ah ? » le zombie gémit d'agonie.

Le bruit se rapprochait de plus en plus et de plus en plus fort, et quiconque n'était pas un zombie haïtien pouvait le reconnaître à un hélicoptère qui approchait. Bientôt, les yeux écarquillés et morts du zombie confus se fixèrent sur le bruit de l'hélicoptère qui grandissait dans le ciel. L'avion a survolé lentement l'île. Le zombie se tenait simplement debout, bouche bée.

Quelqu'un dans l'hélicoptère regardait en arrière.

« Maudits zombies sales et puants ! » a déclaré un homme noir à la peau foncée portant un casque com et une grimace dégoûtée sur le visage.

L'homme s'appelait Zeb et il était devenu pilote d'hélicoptère charter après avoir pris une retraite anticipée de l'armée de l'air américaine.

À l'intérieur du poste de pilotage, Zeb a lentement appuyé sur ses commandes, abaissant l'hélicoptère tout en continuant à exprimer son dégoût. Une femme aux cheveux noirs et aux traits hispaniques était assise dans la zone de chargement, ses cheveux mi-longs pendaient par-dessus un débardeur turquoise fin et un short cargo presque assez petit pour être un slip. Même si les vêtements suffisaient à masquer son corps ferme et athlétique, le short comportait suffisamment de poches pour contenir toutes les fournitures dont elle avait besoin pour accomplir son travail de journaliste d'investigation. Elle s'appelait Marija. À côté d'elle était assis un jeune homme à la peau claire et aux cheveux roux, avec une barbe rousse assortie, nommé Jeremy. Jeremy portait un short cargo épais et beaucoup plus épais, ainsi qu'un t-shirt. Malgré l'augmentation du matériel, le short qu'il portait n'avait aucune chance de contenir toutes ses fournitures, même s'il était trop grand pour ses vêtements ; il était en assez bonne forme pour un jeune diplômé universitaire qui avait passé autant de temps à faire la fête qu'à étudier. Il devait emporter un sac de voyage noir, qui était posé sur le banc à côté de lui, pour s'assurer qu'il avait toutes les fournitures nécessaires pour terminer son travail. Jeremy était le photographe de Marija lors de cette mission pour leur employeur, Timely Magazine.

Jeremy a été émerveillé par cette scène macabre. Le jeune homme a placé un long téléobjectif sur son appareil photo, destiné à prendre des photos de haute qualité, et l'a soulevé. Il a pointé son objectif vers le zombie qui regardait depuis la plage, a ciblé le cadavre effronté et a pris quelques photos. Le zombie occupait de plus en plus de place sur chaque photo consécutive alors que l'hélicoptère descendait sur le sable blanc et doux.

« Toute une foutue île ! » Zeb a continué.

« Ouah ! Ils sont tellement dégoûtants ! » Marija est intervenue.

« Traitez-moi de fou, mais je trouve ça cool », a répondu Jeremy, plongé dans l'analyse de la vie qui l'entoure à travers son objectif.

Marija a donné un coup de pouce ludique à Jeremy et lui a souri.

« D'accord. Tu es fou ! » Marija a flirté.

Il sourit en se bousculant, levant son appareil photo en l'air d'une main.

« Ah ah ! Peut-être que je le suis ! » Jeremy a accepté.

L'objectif photo de Jeremy est rapidement revenu sur le visage confus du zombie, qui regardait fixement l'hélicoptère. Les cliquetis et les vrombissements de sa caméra étaient inaudibles au-dessus des moteurs assourdissants de l'hélicoptère.

L'hélicoptère s'est lentement abaissé vers la plage, se faufilant de haut en bas avec précaution, comme si la machine elle-même avait sa propre intelligence et hésitait à atterrir à cet endroit comme le pilote. Au loin, à environ 40 mètres, au-delà du sable et du zombie stupéfait, se dressait un bâtiment de style bungalow d'un blanc éclatant.

Le zombie s'est levé et a regardé Jeremy et Marija, toujours stupéfaits, tandis que Marija regardait en arrière avec nervosité. Jeremy n'arrêtait pas de prendre des photos.

Zeb était assis froidement aux commandes pendant qu'il arrêtait les moteurs. L'hélice a continué à tourner et à souffler de l'air dans un tourbillon, faisant bouger les cheveux de tout le monde d'une façon ou d'une autre, comme s'ils étaient pris dans un cyclone.

Une équipe de médecins en blouse de laboratoire a marché rapidement en file indienne depuis les portes vitrées du bâtiment blanc et a traversé le sable en direction des nouveaux arrivants sur la plage. Il s'agissait des docteurs Schmidt, Romero et Hugo.

Les médecins se sont approchés de l'hélicoptère, marchant tous d'affilée. Romero a mené le peloton. Atlas Romero était un homme corpulent et jovial qui avait des cheveux noirs mi-longs, des stries blanches formant des ailes sur les côtés de sa tête.

Au-dessus des cheveux de Romero, un pic chauve brillait au soleil. La barbichette taillée de Romero correspondait à la palette de couleurs bicolore de ses cheveux. Deiter Schmidt était le contraire de Romero à tous égards : grande, en forme, à la poitrine large, à la mâchoire carrée et beau. Un parfait exemple de son héritage allemand, à l'exception de ses cheveux noirs et noirs. La seule chose que Schmidt et Romero avaient physiquement en commun était une similitude d'âge, tous deux au milieu de la cinquantaine. Hugo était en fait Hugo Schmidt, le fils du Dr Schmidt. Bien qu'il ait la moitié de l'âge de son père et qu'il soit légèrement plus corpulent, la ressemblance familiale était évidente. Les médecins avaient tous la tête baissée et les bras tendus pour se protéger le visage du vent et du sable provoqués par le

des lames tourbillonnantes au-dessus du hachoir. D'autres zombies étaient venus les regarder se balader sans but sur la plage, tous équipés de colliers de commande robotisés.

Jeremy a pris d'autres photos avec son appareil photo.

Zeb s'est détourné de son siège à l'avant et s'est adressé à Marija et Jeremy très brusquement, les surprenant et attirant à nouveau leur attention sur le monde à l'intérieur de l'hélicoptère.

« Il n'y a rien de cool dans tout ça ! Ils sont dangereux ! Retournez dans cet « hélicoptère » si vous ne vous sentez pas en sécurité, compris ? » Zeb a aboyé.

Jeremy tendit la main et posa une main sur l'épaule de son ami, l'air inquiet.

« Bien sûr. Mec, je suis vraiment désolée, je ne pensais pas... », s'est excusé Jeremy.

Le bruit d'une gorge qui se raclait derrière eux a surpris le groupe et a attiré l'attention des trois sur le côté ouvert de l'hélicoptère. Le Dr Schmidt se tenait debout, la main tendue vers Marija en guise de présentation.

« Bienvenue sur l'île de la Gonave... », a déclaré Schmidt avec un large sourire.

Schmidt est resté debout dans l'embrasure de la porte, serrant la main de Marija, puis a fait signe au Dr Romero et à Hugo, qui se tenaient à côté de lui.

« Je suis le Dr Deiter Schmidt. Voici mon assistant, le Dr Atlas Romero, et ce beau jeune homme est mon fils Hugo », a présenté Schmidt.

Le senior Schmidt a aidé Marija à sortir de l'hélicoptère lorsque Jeremy a commencé à mettre tout son équipement photo et ses sacs sur le côté de l'hélicoptère.

« Suivez-nous et laissez tous vos bagages. Les domestiques les récupéreront », explique Romero.

HUGO, ROMERO, SCHMIDT, Zeb, Marija et Jeremy ont tous traversé le sable blanc en file indienne, en direction des lourdes portes en acier et en verre renforcé du complexe de recherche de Schmidt. Un cortège de zombies a suivi une courte distance derrière la rangée des vivants, chacun transportant des bagages depuis l'hélicoptère. Jeremy a regardé en arrière, puis a tourné son regard vers Marija. Elle avait également regardé en arrière et les deux hommes ont partagé un moment de compréhension. Jeremy fit un geste en retour aux serviteurs zombies, un peu nerveux.

« D'accord, c'est un peu effrayant... » Il a frémi.

Quelques instants plus tard, Schmidt a conduit le groupe dans une salle de conférence faiblement éclairée au plafond bas. Des sièges et des tables étaient disposés dans toute la salle, et un projecteur numérique était installé sur un podium au milieu du chambre. Schmidt se tenait légèrement sur le côté de l'écran blanc accroché au mur. L'écran a fait de son mieux pour refléter la lumière ambiante qui l'entourait depuis l'avant de la pièce. D'un geste large et rapide, le bras tendu de Schmidt a dirigé le groupe vers ses sièges. Romero se tenait à l'intérieur de la pièce, tenant la porte ouverte au reste du groupe alors qu'ils entraient.

Les sièges rappelaient

à Jeremy les petits bureaux attachés à de petites chaises en bois, comme à la maternelle, un peu plus grands.

« Les domestiques apporteront vos bagages dans vos chambres. Si vous voulez tous vous asseoir, nous vous expliquerons comment nos expériences en cours ont rendu possible la vie que nous apprécions sur l'île », a annoncé Schmidt, comme s'il s'entraînait devant un public beaucoup plus large.

Marija a rapidement sorti un petit enregistreur numérique de l'une de ses poches en se glissant dans le premier siège disponible à l'avant de la pièce. Elle avait hâte de commencer. La fougueuse Latina est rapidement devenue sérieuse avec un air sévère sur son visage.

Elle était impatiente de poser des questions à Schmidt. « Pourquoi vous donnez-vous la peine de travailler, Docteur ? Vous n'avez pas assez de zombies pour mener à bien toutes vos expériences ? »

Le bienfaiteur et scientifique senior de l'île a levé les mains en l'air pour simuler une défense, comme s'il repoussait un attaquant. Son visage avait l'air fatigué et son humeur était dédaigneuse. Il se tenait à l'avant de la pièce, son corps masquant partiellement la lumière du projecteur.

« Maintenant, attendez, Mlle Esteban ! J'apprécie l'intérêt que le magazine Timely porte à mon travail, mais ne me crucifions pas tout de suite, d'accord ? » Schmidt a répliqué en défense modérée.

Le Dr Romero a agité ses mains, comme pour apaiser la discorde afin qu'ils puissent poursuivre la présentation prévue. Lui et le Dr Schmidt se déplaçaient, chacun de part et d'autre de l'écran, tandis que Hugo se tenait derrière le podium et dirigeait le projecteur.

Chaque médecin tenait un long pointeur en plastique. Romero a pointé du doigt l'écran tout en se raclant la gorge, se préparant à parler. La lumière blanche de l'écran a pris vie avec une vidéo granuleuse montrant une foule de zombies dévorant des clients innocents dans un grand centre commercial.

« Comme vous le savez, en 2018, la « peste des zombies », comme l'appellent les médias, a éclaté et a failli provoquer l'effondrement de la société occidentale telle que nous la connaissons », explique Romero.

Une nouvelle image a glissé sur l'écran, celle d'un scientifique intelligent en blouse de laboratoire tenant un tube à essai rempli de liquide à la lumière et le regardant.

« Les esprits les plus brillants du monde n'ont jusqu'à présent pas été en mesure de trouver une cause... ou un remède », a poursuivi Romero.

Romero a levé le pointeur vers l'écran. L'écran montrait une carte de l'Amérique du Nord. La carte comportait des zones sombres et tachetées dans certaines parties de certains États. Les taches s'étalaient, s'agrandissaient et couvraient de vastes zones. Miami, la moitié est de la Colombie-Britannique, la moitié sud de la Californie, le désert du Nevada, certaines parties de la Nouvelle-Angleterre et certaines parties du Texas étaient toutes ombragées.

« Alors que notre gouvernement créait des zones de quarantaine pour isoler les zombies, l'estimé Dr Dieter Schmidt en a créé », Romero s'est arrêté pour faire une pause spectaculaire et pour ramasser un objet sur une table voisine, « ça ! »

Romero a soulevé un objet métallique brillant au-dessus de sa tête, l'un des colliers cybernétiques de contrôle des zombies. Il n'était pas verrouillé, donc un côté était ouvert, ce qui lui donnait une forme ronde en forme de croissant de lune.

Les mains de Romero saisissaient fermement le col de chaque côté. La face arrière du col était ornée de deux pointes pointues et brillantes qui pointaient vers l'intérieur. Les pointes étaient situées au centre du col, pointant vers l'intérieur. Il était facile de les visualiser en train de poignarder la moelle épinière d'une personne si celle-ci avait la malchance de le porter.

« Le collier de contrôle cybernétique ! » Romero a proclamé.

Maintenant, le Dr Schmidt a pris la parole, pointant de l'autre côté de l'écran avec son long bâton en plastique un schéma qui apparaissait à l'écran, remplaçant l'image précédente. Le schéma était un dessin de la tête, du cou et des épaules d'un zombie qui illustrait comment et où le collier s'insérait autour du cou d'un zombie, montrant comment les pointes s'enfonçaient dans la moelle épinière.

« Le collier s'insère directement dans le système nerveux central et filtre toutes les impulsions électroniques du cerveau. Cela empêche les attaques et crée des impulsions pour réagir docilement », explique le Dr Schmidt.

L'écran est passé à un gros plan d'une carte des îles tropicales d'Haïti et des régions environnantes. Au large de la côte ouest d'Haïti, dans l'océan, il y avait une île surlignée d'un cercle jaune. L'île a été étiquetée « Île de la Gonave, Haïti ».

Le pointeur du Dr Romero a tapé sur l'île sur l'image à l'écran.

« Alors que le reste du monde paniquait, le Dr Schmidt a perfectionné son procédé... ici ! » Romero a proclamé.

Les images à l'écran ont maintenant été remplacées par une photo d'un paradis tropical au bord d'une piscine. Des palmiers et des parasols s'élevaient fièrement vers le ciel.

Autour de la piscine se trouvaient des personnes grosses, blanches, d'âge moyen et d'apparence riche, en maillot de bain, allongées sur des chaises de jardin. Des enfants adultes ou des maîtresses se baladaient dans la piscine en bikinis et en maillot de bain. Ils étaient tous servis et attendus par des zombies munis de colliers de contrôle. Les zombies leur apportaient des boissons, des serviettes et tout ce qu'ils auraient pu désirer. Certains étaient même en train de ventiler doucement les gens avec de grandes feuilles de palmier.

« Créer un paradis pour l'élite et les riches du monde ! » Romero s'exclama fièrement.

Romero a regardé de nouveau dans la pièce, s'attendant à voir la même excitation que celle qu'il ressentait sur les visages de son public. La confusion a commencé à se répandre sur son visage lorsqu'il n'a pas vu la réponse immédiate à laquelle il s'attendait. Hugo a également regardé autour de la pièce depuis sa position derrière le projecteur avec un grand sourire fier.

Zeb lança un regard dégoûté aux hommes de science. Marija, son enregistreur toujours éteint, avait un air sévère et furieux, les sourcils cambrés. Jeremy avait juste l'air stupéfait.

« Whoa », marmonna Jeremy.

Marija a poussé son enregistreur dans la direction du Dr Schmidt et a commencé à lui poser des questions accusatoires.

« Est-ce que vous perdez le sommeil la nuit en sachant que vous avez réduit en esclavage des personnes qui pourraient avoir des proches qui les recherchaient ? »

Schmidt a de nouveau levé les mains en guise de défense, gloussant en répondant aux recherches pointues de Marija.

« Hé. Maintenant, Mme Esteban, vous savez aussi bien que moi que les zombies n'ont aucun droit en vertu de la loi. En fait, le Conseil de l'ONU a conclu que, dans l'intérêt de la sécurité humaine, toute recherche susceptible de résoudre le problème des zombies

devrait prévaloir sur tous les droits que peuvent avoir les plus proches parents. »

Romero s'avança avec un sourire et intervint avant que la question ne devienne un argument. Schmidt sourit joyeusement derrière lui.

« Je sais que vous êtes tous enthousiastes, mais nous aurons tout le temps nécessaire pour d'autres questions et réponses demain. En attendant, nous espérons que vous vous joindrez à nous pour un dîner sur la plage. »

CHAPITRE 2

Avant que quiconque ne puisse protester ou que Marija ne puisse poser d'autres questions, le groupe a été conduit hors de la pièce et dans le couloir.

Après une marche rapide d'environ 10 mètres, le personnel de Timely Magazine a été dirigé vers une autre lourde porte en acier et en verre et guidé vers ses sièges, accompagnés de serveurs zombies. Chacun se baladait lentement mais debout alors que
autant qu'ils le pouvaient, imitant la posture parfaite du serviteur.

« Mes collègues et moi allons nous retirer brièvement dans nos locaux pour sortir de ces vêtements de laboratoire et enfiler quelque chose de plus confortable », explique Schmidt.

Alors que les invités du continent prenaient place, un cortège de zombies a commencé à dresser la table et à y apporter toutes sortes de plats et de boissons odorants. Les cadavres rangés en rang venaient de derrière une récolte de palmiers, probablement d'une cuisine ou d'une salle à manger invisible du point de vue de la table. Les zombies qui servaient étaient vêtus d'un costume unique, alternant entre des chapeaux de majordome et des chapeaux de fruits tropicaux, comme la bananière Chiquita.

Marija a été perplexe lorsqu'elle a réalisé que les cadavres d'hommes pouvaient porter des costumes, tandis que les cadavres de femmes étaient vêtus d'un costume de princesse tropicale stéréotypé.

Les visiteurs ont été déconcertés de voir une table dressée pour un festin par des cadavres de morts-vivants qui se seraient régalés d'eux s'ils n'avaient pas été totalement contrôlés par leurs colliers robotiques.

Après environ 30 minutes, ce qui semblait être trois heures, le groupe a été rejoint par leurs hôtes. Chacun des hommes de science portait désormais des chemises hawaïennes à imprimé de fleurs éclatantes, des colliers fleuris colorés, des shorts cargo et des sandales aux pieds au lieu des bottes de travail qu'ils portaient auparavant. Le Dr Schmidt était accompagné d'une jolie femme blonde platine d'âge moyen vêtue d'une robe d'été gonflée jaune pâle. Marija se demandait quand elle aurait l'occasion de se changer et de se sentir plus à l'aise. Les scientifiques en vacances ont également été rejoints par une poignée de résidents âgés et fortunés de l'île, dont l'argent avait financé tout cela, ainsi que les recherches de Schmidt sur les morts-vivants.

Le soleil était presque complètement couché. Le groupe réuni autour de la table à manger n'a pu en voir qu'un petit éclat rouge qui brillait encore au-dessus de

l'eau. Une lueur rouge se reflète dans l'eau de l'océan et sur la plage de sable blanc qui les entoure.

Le Dr Schmidt se tenait en tête de table, loin de ses invités. La table était garnie de torches tiki flamboyantes pour éclairer, positionnées et allumées par les serviteurs morts-vivants éhontés qui ne montraient aucune crainte des flammes à laquelle les invités s'attendaient en observant des zombies « sauvages ».

Les serviteurs zombies continuaient à faire des allers-retours vers et depuis la table, apportant toujours une réserve apparemment infinie de nourriture à la table et des plateaux avec des coupes de champagne. La table était désormais couverte d'un grand buffet : cochon rôti, rosbif, ananas, purée de pommes de terre, succulentes tartes à la noix de coco, les plus grosses carottes rôties jamais vues sur l'île, et bien plus encore.

« BIENVENUE ! » Schmidt a proclamé.

Schmidt, toujours debout d'un geste grandiose, a présenté son équipage et ses proches assis à table devant lui.

« Vous avez rencontré le Dr Atlas Romero et mon brillant fils Hugo. Voici ma ravissante épouse, Doreen ! »

Romero et Hugo étaient assis l'un en face de l'autre à table, tous deux regardant leurs invités en bas de la table, le sourire aux lèvres. La femme de Schmidt, Doreen, était un peu dodue. À y regarder de plus près, ses cheveux étaient probablement d'un blond beaucoup plus foncé quand elle était plus jeune ; le blanc qui s'y glissait lui donnait l'apparence d'une blonde platine. C'est du moins ce que Marija avait deviné. D'apparence amicale, elle rougit et sourit aux compliments de son mari.

Schmidt a levé sa coupe de champagne pour porter un toast aux personnes assises à table. Son nez et ses joues étaient roses, signe qu'il avait déjà bu quelques boissons alcoolisées avant de rejoindre ses invités pour le dîner.

« J'aimerais proposer un toast ! À nos amis de Timely Magazine, là pour envoyer des nouvelles de notre paradis au reste du monde ! »

Zeb et Jeremy étaient assis l'un à côté de l'autre à table. Un bras de zombie s'avançait entre eux afin de déposer une assiette d'ailes de poulet sur la table devant eux. Les deux hommes tournèrent la tête l'un vers l'autre, les yeux écarquillés d'horreur, fixant le bras de zombie pourri qui apparaissait entre eux.

Un zombie portant un nœud papillon et un plateau de service dans une main s'est penché sur l'épaule de Marija pour remplir sa coupe de champagne. Ce zombie était plus décomposé que certains autres et avait une aura de putridité qui planait autour de lui. Le visage de Marija se tordit de dégoût. Elle regardait fixement le cadavre animé inconscient alors qu'elle s'éloignait du zombie qui avait envahi son espace personnel. Elle s'est éloignée le plus possible du zombie et a levé les bras en guise de légitime défense. L'odeur putride était passée inaperçue jusqu'au moment où Marija fronça le nez et renifla l'air au pire moment possible.

Alors que le zombie se tournait pour s'éloigner, les yeux de Marija étaient pleins de dégoût à cause de l'odeur. Elle a rapidement placé sa main sur sa bouche, l'empêchant de vomir. L'une des personnes riches d'en face de Marija, une dame âgée, avait les yeux écarquillés de choc. La femme n'était pas consternée par les cadavres éhontés auxquels elle s'était habituée, mais par les bruits sourds de Marija.

« Urghhh... Hrumph... » était le seul mot proche qui sortait de la bouche de Marija.

La mondaine de l'autre côté de la table a retrouvé son calme. Elle avait maintenant la tête penchée vers le haut, le nez en l'air et les yeux rivés sur Marija. Marija était toujours en train de bâillonner et regardait le zombie de côté avec des yeux paniqués alors qu'il s'éloignait.

« Votre sens de l'odorat s'ajustera avec le temps. On dit que c'est comme vivre dans une ferme », se console la vieille femme sournoise.

« Hurk » était la seule réponse que Marija pouvait trouver.

Marija s'est élancée de sa chaise et s'est enfuie dans l'obscurité, derrière les palmiers avoisinants, tandis que la dame confuse regardait, l'air un peu perplexe.

« Guguk », criait Marija dans l'obscurité.

À table, Zeb et Jeremy affichaient un sourire nerveux en raison de l'embarras causé par les sons provenant des vomissements de Marija en arrière-plan, alors que certains hôtes et d'autres invités commençaient à le remarquer.

« HOURUCK ! » Marija grogna bruyamment.

Zeb s'est levé et s'est adressé à la table avec nervosité, essayant de faire ce qu'il pensait devoir faire, en tant que diplomate pour leur groupe, comme l'aurait fait Marija.

« Au nom de notre équipage, je tiens à vous remercier pour votre hospitalité et pour avoir partagé votre histoire avec nous pour Timely Magazine », a remercié Zeb.

« BLARRG ! » Marija vomissait bruyamment derrière les arbres.

Zeb, toujours debout et un peu choqué, baissa les yeux vers Jeremy. Le photographe était maintenant confortablement penché en arrière sur sa chaise, une boisson tropicale au parasol dans une main, en train de manger une grosse cuisse de poulet dans l'autre pendant que Zeb parlait. Un zombie a apporté un nouveau bol de purée de pommes de terre sur la table pour remplacer le bol vide qui se trouvait devant Jeremy, qui ne semblait plus du tout remarquer ces morts-vivants éhontés.

« Alors, quand est-ce que ces gars sortent le dessert ? » Jeremy l'a joyeusement interrogé.

« HU-HU-HURAAAK ! » a bâillonné Marija en arrière-plan.

CHAPITRE 3

Environ 20 minutes plus tard, les desserts et quelques excuses embarrassées étaient prêts. Romero, Schmidt et Hugo ont escorté l'équipe de presse à travers les deux grandes portes en acier qu'ils avaient quittées plus tôt pour retourner dans le long et large couloir. Le couloir était bordé de portes sur le côté droit. Schmidt a expliqué qu'il s'agissait des chambres d'hôtes, situées derrière le centre de recherche.

« J'espère que vous trouverez nos chambres des plus accueillantes », explique Schmidt. « Chaque chambre dispose d'une salle de bains de luxe complète avec jacuzzi, d'un grand réfrigérateur-bar bien approvisionné, et plus encore. »

« Méchant ! » Jeremy s'est exclamé.

« Vous trouverez vos bagages dans vos chambres. Si vous avez besoin de quoi que ce soit, décrochez simplement le téléphone de votre chambre. Il ira directement à la personne en service », a conclu Schmidt.

Le Dr Schmidt avait l'air fier après s'être vanté de l'hébergement réservé aux clients, en s'accrochant aux revers de la blouse de laboratoire qu'il avait enfilée par-dessus ses vêtements de plage. Marija se tourna vers Romero, rougissante, l'air timide et embarrassée.

« Je sais que je l'ai déjà dit et que tu as dit que c'était bon, mais je suis vraiment désolée pour le dîner. Je suis tellement gênée. »

Les trois scientifiques ont souri à leurs invités et les uns aux autres. Romero a répondu avec un large sourire charmant à la rougissante Marija.

« C'est bon. Ça arrive à tout le monde la première fois », se console Romero.

C'est ainsi que le rassemblement de scientifiques et de journalistes s'est dissous, chacun se rendant dans son logement respectif.

Quelques instants plus tard, Jeremy fouillait dans ses vieux sacs d'équipement en cuir, le visage tordu, marmonnant de frustration.

« Ils ont dû apporter mon sac à objectifs dans la mauvaise pièce ! » Jeremy s'est exclamé.

Jeremy a fermé la porte de sa chambre derrière lui alors qu'il entrait dans le couloir.

« Je vais d'abord vérifier auprès de Marija ! » Jeremy a pensé en lui-même. « J'ai vu la façon dont Romero la draguait. Sac à ordure ! Je pense qu'il est temps de lui dire à quel point je tiens à elle ! »

La main de Jeremy a frappé rapidement à la porte de Marija.

« Frappez ! Frappez ! »

« Entrez ! » La voix de Marija résonnait de l'intérieur de la pièce.

Jeremy a ouvert lentement la porte, juste assez pour jeter un coup d'œil à l'intérieur de la pièce.

« Hé Marija ! Tu as vu mon sac à objectifs ? » Jeremy a demandé.

« Oui, je crois que je l'ai vu avec mes sacs à côté du lit. Entrez », cria sa voix depuis la luxueuse salle de bains.

Jeremy est entré en courant rapidement. Il n'était pas sûr que Marija ne faisait que faire preuve de politesse, et il s'est peut-être immiscé dans sa vie privée à un moment indiscret. Rien de tel que de gâcher vos chances avec une nana en l'irritant pendant qu'elle essaie de se débarrasser. Il a rapidement fouillé dans les bagages empilés à côté du lit de Marija et a sorti son sac à objectifs en cuir.

« Je l'ai trouvé ! Merci ! » Jeremy a appelé.

« Pas de problème ! Je suis juste en train de jeter un œil à cette salle de bain, elle est incroyable ! » Marija a rappelé.

Jeremy pouvait entendre le ton très amical et joyeux de la voix de Marija se diriger vers la porte ouverte de la salle de bain. Il a donc naturellement levé les yeux, même s'il se dirigeait déjà vers la porte pour redonner à sa collègue son intimité. L'éclairage de la salle de bain brillait si fort qu'il ne pouvait voir que la silhouette de son corps. Ses yeux étaient exorbités. Sa bouche s'est grande ouverte de surprise. Il était stupéfait en silence, figé sous le choc. Même s'il n'arrivait pas à distinguer tous les détails, il pouvait voir que la forme et les courbes de Marija étaient complètement nues.

« Tu devrais venir voir ce jacuzzi avec moi ! » elle a dit.

Pendant ce temps, le Dr Romero cherchait ses clés, debout devant la porte de sa maison, à environ un demi-mile de marche du laboratoire de recherche, à travers le feuillage tropical. Le soleil s'était couché depuis longtemps et il ne restait plus qu'un seul plafonnier pour illuminer les arêtes épaisses de la façade en stuc et de la lourde porte en bois, en noyer des Antilles.

Lorsque Romero déverrouillait et ouvrait la porte, celle-ci craquait dans un bruit lent et gémissant qui résonnait dans l'air tropical, se mêlant au faible gémissement de la brise soufflant à travers les palmiers. Il est entré, a déposé ses clés sur une petite table et a fermé la porte solide derrière lui, comme il le faisait chaque nuit depuis trois ans et demi sur l'île.

« Je suis content de ne pas être en service. Je n'ai pas le temps d'attendre nos invités alors que je suis sur le point de faire une percée », s'est dit le Dr Romero.

Romero est entré dans le salon de sa maison. Il a été décoré avec goût, avec des photos encadrées accrochées au mur et des accents en bois de noyer partout, visibles dans les balustrades, le piano, les cadres des miroirs et plus encore. Il a allumé la lumière à côté de la porte. Derrière l'entrée se trouvait un grand espace ouvert qui servait à la fois de cuisine et de salle à manger. Dans l'ensemble, l'ensemble de la demeure était propre et élégant.

Romero a suspendu distraitement sa veste au dossier d'une chaise assise à la table à manger en passant. Son esprit était déjà ailleurs, s'attardant sur des sujets plus urgents et distrait par ses pensées.

« C'est incroyable. Mes collègues, toutes les revues scientifiques disaient que c'était impossible, une chance sur un milliard de toute façon, mais... je l'ai fait ! » pensait-il.

L'homme corpulent s'est rapidement frayé un chemin dans un couloir adjacent d'apparence stérile.

Romero a timidement tendu la main vers la poignée d'une porte lorsqu'il a atteint le bout de ce couloir.

« C'était une aubaine de découvrir deux spécimens bien conservés, récemment infectés... Je n'arrive toujours pas à croire que je l'ai fait ! »

Romero, encore perdu dans l'éloge de lui-même, est entré dans la pièce et a emprunté un petit escalier pour entrer dans son atelier. Il a nonchalamment jeté le lei qui était autour de son cou dans un bac à compost voisin. Romero s'est dirigé fièrement vers un mur de fortune en plexiglas qui a créé une cellule de confinement artisanale où une voiture aurait pu être garée.

Le visage de Romero se tordit avec l'air d'un génie fou. Ses yeux s'écarquillèrent, sa bouche devint un large et profond sourire de joie. La lumière de la cellule brillait sur son visage fou de joie, se reflétant sur ses lunettes épaisses.

« J'ai créé le premier couple reproducteur ! » Romero gloussa.

Là, Romero regardait fixement la partie de son atelier située au-delà du plexiglas qui avait été transformée en chambre de fortune et tenait un stylo. À l'intérieur de la pièce aux murs transparents se trouvaient deux chaises et un lit, des poubelles et un établi, aujourd'hui inutilisés en raison de son inaccessibilité. À travers le plexiglas, Romero regardait une femme zombie allongée sur le lit, vêtue d'une robe d'été souillée et en lambeaux, le ventre gros et gonflé. Contre toute idée reçue, elle semblait enceinte. Femme autochtone à la peau foncée, elle aurait vécu pour vivre, à l'exception de quelques taches grises surnaturelles sur son teint, de plusieurs plaies ouvertes sur son corps et de l'air sauvage et stupide de ses yeux. Tous les symptômes d'une infection zombie. Son niveau de décomposition était très faible, juste assez pour savoir qu'elle était un zombie. Ses yeux étaient écarquillés et elle semblait mal à l'aise et en difficulté. Le zombie mâle marchait d'avant en arrière et regardait Romero à travers le plastique épais comme un loup en cage. Il était décharné et ressemblait plus à un indigène mal nourri qu'à un zombie. Il était un peu plus pourri que la femelle, mais comme son compagnon, il pouvait presque passer pour une personne vivante. Les deux cadavres ambulants portaient des colliers de contrôle, mais le mâle avait une lueur de colère dans les yeux. Le sol et la literie étaient sales de pourriture, de pourriture et de sang provenant de leur alimentation.

« D'un jour à l'autre, je vais assister à la naissance vivante du premier zombie ! »

Romero s'est tourné vers l'établi voisin, où un gros steak cru était posé sur un plateau.

Romero a transporté le steak jusqu'à une ouverture fendue dans le mur, conçue pour y glisser les aliments.

Romero y a glissé le steak et le zombie mâle a immédiatement sauté dessus, le retirant des mains de Romero, impatient de le dévorer.

« Arrête ! » grogna le zombie. « Du shurp ! Chance ! »

Romero appréciait le son des morts-vivants dévorant de la viande crue et froide. Le docteur sourit en parlant dans un micro métallique rond encastré dans le mur transparent.

« Maintenant, maintenant, Cornelius, assurez-vous de partager avec Zera », a grondé Romero.

Hugo, le fils du Dr Schmidt, vivait à 400 mètres au nord-est de la maison de Romero, le long d'un chemin sablonneux bien fréquenté à travers les forêts de palmiers.

Arrivé chez lui après une promenade décontractée, Hugo est entré dans sa demeure. Le même style de lumière éclairait le même type de lourde porte en bois que celle utilisée pour la maison de Romero ; il ne fait aucun doute que les locaux d'habitation des jeunes scientifiques de l'île ont été construits selon les mêmes plans. Hugo a sorti sa clé de sa poche, a déverrouillé la porte et est entré. L'aménagement intérieur de la maison correspondait à celui de Romero, sauf qu'il faisait complètement noir et que seule la lumière provenant de la porte ouverte révélait un énorme désordre. Chaque centimètre du sol était recouvert d'une épaisse couche d'emballages alimentaires, de vieux journaux et de magazines naturistes.

« Hein ! Romero s'est sûrement précipité... » Hugo s'est dit. « Je sais qu'il travaille sur un projet secret... »

Hugo a actionné l'interrupteur et une lumière fluorescente pâle a pris vie. La faible luminosité a révélé que la maison était effectivement aménagée de la même manière que celle de Romero, sauf que la cuisine et la salle à manger étaient remplies de vaisselle sale et de déchets. Il y avait une télévision dans un coin de la salle à manger avec un vieux fauteuil inclinable délabré devant, des coussins rembourrés et des ressorts sortant des déchirures. La maison de Hugo était beaucoup plus sale et plus sombre que celle de Romero.

Hugo est passé devant le même atelier que celui de la maison de Romero, en direction d'une porte de chambre ouverte. Le jeune scientifique a jeté sa blouse de laboratoire par terre, par-dessus les déchets qui s'y trouvaient, au hasard.

« Eh bien, laissez-le poursuivre ce qu'il pense être une telle avancée », pensa Hugo. « Quand tout le monde verra ce que j'ai fait, ce sera moi qui le surprendra. »

Hugo est entré dans une chambre sombre et mal éclairée. Au coin du lit, il y avait une ancre et une chaîne accrochées au mur.

« Nous allons gagner des millions ! La science, c'est bien, mais les humains ont toujours été plus intéressés par le plaisir instantané », se réjouit à haute voix le junior Schmidt.

Un sourire gras apparut sur le visage d'Hugo.

« Bonjour, mesdames ! » s'est-il exclamé.

La chambre était sale et sale ; les tapis et les draps étaient recouverts d'une épaisse couche de sang séché et de chair souillée. Le lit était recouvert de draps sales et sales. La pièce contenait trois zombies femelles, toutes portant des colliers de contrôle. Sur le mur de droite, il y avait un zombie assez pourri aux longs cheveux blonds. Elle avait l'air grincheuse et était enchaînée au mur. Les chaînes étaient ancrées suffisamment loin sur le mur, et les chaînes étaient suffisamment courtes pour qu'elle n'ait pas d'autre choix que de se tenir debout, les bras écartés en forme de V au-dessus de sa tête. Sur le mur le plus à gauche, une autre femme zombie, celle-ci d'origine haïtienne, gisait en tas sur le sol, à moitié consciente comme si elle s'était évanouie. Ses bras étaient également accrochés au mur, mais les ancrages étaient plus bas et les chaînes plus longues, de sorte que ses bras pendaient librement et boitaient sur les côtés. La troisième femme zombie était sur le lit, à quatre pattes. Elle avait les bras écartés en V en l'air devant elle.

d'elle parce qu'ils étaient enchaînés et enchaînés au mur, ancrés de chaque côté de la tête de lit. Elle avait de longs cheveux roux et portait un débardeur jaune avec le numéro vert de l'équipe sportive « 67 » dessus. Elle était nue de la taille aux pieds.

« Huurrgg... » gémit le zombie blond.

« Une fois que le monde saura que nous pouvons utiliser vos adorables filles comme esclaves sexuelles consentantes, cela ouvrira un tout nouveau marché ! » a proclamé le jeune scientifique.

« Guurrbell... », le zombie haïtien sifflait dans un filet de liquide noir émanant de sa bouche.

Hugo se tenait devant la porte d'un placard ouverte et se déshabillait et se déshabillait.

« Bien sûr, comme tout génie incompris, je dois faire tous les tests moi-même avant de pouvoir le dire à quelqu'un d'autre », a déclaré Hugo d'un ton sarcastique.

Hugo se tenait devant le placard et enfilait maintenant une combinaison spéciale en latex sur lui-même.

Hugo se tenait debout dans toute sa splendeur au bout du lit, recouvert de la tête aux pieds d'une combinaison blanche en caoutchouc latex. Un écran cousu sur la bouche lui permettait de respirer tout en le protégeant des infections. Comme il y avait deux trous pour les yeux, Hugo portait une paire de lunettes de ski bien attachées.

« Gurakk ! » gémit le zombie roux.

« Oh, je vais en profiter aussi, bébé ! » Hugo a répondu.

Hugo s'est positionné derrière le zombie roux, jambes écartées.

Il a serré leurs corps l'un contre l'autre. Leurs deux silhouettes se confondaient alors qu'il la pénétrait. La femme zombie a jeté sa tête en arrière. Le son qu'elle émettait aurait pu être un plaisir, mais ressemblait plutôt à de la colère, à de l'agonie ou à un choc.

« GRAHHH ! » elle a hurlé.

JEREMY ET MARIJA ÉTAIENT nus dans le jacuzzi ensemble, s'embrassant et se tordant dans l'eau. Ils avaient chacun une main libre, tenant une coupe de champagne.

Quelques minutes plus tard, le couple testait le lit dans la chambre sombre de Marija. Jeremy était allongé sur son lit avec un air d'extase sur son visage.

Elle chevauchait sur lui, à la manière d'une cowgirl, la tête renversée en arrière et gémissant de plaisir.

« OOH ! » Marija gémit.

ZEB N'ÉTAIT PAS IMPRESSIONNÉ, et si quelqu'un d'autre avait été dans la pièce, il l'aurait vu sur son visage. Il s'est assis dans son lit, lisant un livre, une copie cartonnée de High Fidelity de Nick Hornby. Il portait une paire de lunettes bifocales, perchées sur l'arête de son nez. Il essayait de bloquer mentalement le bruit provenant de la chambre de Marija, de l'autre côté du mur.

« Nous allons sur une île pleine de zombies et, pour une raison ou une autre, nous devons emmener un mangeur d'hommes avec nous ! » Zeb marmonna pour lui-même.

« AAAHHH ! » Marija semblait gémir en réponse, à travers le mur.

Marija a expulsé Jeremy. Tous deux étaient en sueur et satisfaits, souriant alors qu'ils se prélassaient dans la rémanence.

« AH ! C'était... incroyable ! » Jeremy rayonnait.

« Waouh ! » Dit Marija en essayant toujours de reprendre son souffle.

Marija a allumé une cigarette, souriant et regardant Jeremy de côté alors qu'il se retournait pour la regarder avec amour.

« Ça fait trop longtemps que je voulais faire ça ! » il a avoué.

« Moi aussi », a accepté Marija, en fait.

Marija s'est tournée vers Jeremy et a cuisiné de manière séduisante.

« Pourrais-tu être chère et retourner dans ta chambre ? Je n'essaie pas d'être impolie, mais j'ai besoin de me reposer pour demain », a-t-elle déclaré avec un sourire sournois.

« Oh, bien sûr... Bien sûr... pas de problème », balbutia Jeremy, surpris par la demande.

« Merci beaucoup, ma chérie », a répondu Marija avec joie.

Zeb était toujours assis dans son lit en train de lire, légèrement sidéré par les sons qui traversaient le mur, mais il ne les laissait pas interrompre sa lecture.

« Pauvre idiot... » marmonna Zeb.

CHAPITRE 4

Quelques heures plus tard, le soleil s'est levé, signalant à ce qui s'était passé pour la vie sur le minuscule tas de sable de commencer une nouvelle journée de travail. Le soleil levant illuminait une basse-cour poussiéreuse, agrémentée d'une grande grange rouge. Plusieurs taches de saleté ont été aménagés, créant ainsi des zones de basse-cour séparées pour les différents animaux. Le bétail errait dans l'étable et dans certaines zones clôturées. Autour de la basse-cour, il y avait quelques zones gazonnées et des arbres que la population de l'île pourrait considérer comme étranges ; les espèces exotiques ont été rendues possibles grâce à l'importation d'une riche terre végétale. Comme dans toute ferme, un gros tas de fumier se trouvait à côté de la grange et compostait à l'air libre. Il y avait également un enclos à cochons, où des porcs importés se vautaient joyeusement dans la boue, offrant ainsi un léger soulagement à la chaleur tropicale. Les zombies erraient dans la basse-cour, accomplissaient diverses tâches agricoles et déversaient les excréments de porc dans une mangeoire. Un zombie portait une combinaison de fermier et conduisait une vache hors de l'étable avec une corde attachée autour de la tête. Un chemin de terre longeant la basse-cour à côté de la clôture a créé une frontière entre le cadre dompté et artificiel et la jungle tropicale. Après s'être réveillé tôt le matin pour prendre un café et prendre un petit déjeuner léger, le Dr Schmidt a fait visiter à pied à ses invités les installations et les attractions de l'île, expliquant comment chaque caractéristique avait contribué à ses incroyables réalisations pour la société et l'homme. Le groupe de touristes groggy était composé de Schmidt, Marija, Jeremy, Zeb, Hugo et Doreen.

« Les bovins et les porcs sont acheminés par bateau depuis une petite ferme avec laquelle nous traitons à Port-au-Prince », explique Schmidt.

Le groupe se tenait debout, appuyé sur une clôture en bois, en train de regarder le zombie fermier tirer la vache sur une corde dans une zone ouverte de basse-cour. Le zombie regardait la vache avec une soif de sang aux yeux écarquillés. Certains des autres zombies l'avaient remarqué et avaient vu la vache réticente entrer avec hésitation dans l'enclos vide. Certains zombies ont commencé à se précipiter vers elle. La vache s'agitait et commençait à avoir l'air nerveuse.

« Les zombies doivent consommer de la chair crue tous les quelques jours afin de ralentir le processus de décomposition », a poursuivi Schmidt.

La vache devenait de plus en plus nerveuse de minute en minute, les yeux écarquillés, tirant désespérément sur la corde qui la retenait. Le zombie fermier tenait la corde de la main gauche et utilisait la droite pour tirer un pistolet à verrou en acier à l'ancienne, du genre qui lançait une tige d'acier rétractable dans la tête d'un animal pour l'abattre, depuis la poche avant de sa combinaison. Les autres zombies se rapprochaient de plus en plus et tournaient étroitement autour de la vache.

« Nous leur permettons donc, sur ordre verbal bien sûr, de se nourrir de bétail tous les quelques jours, pour rester en état de marche », a conclu Schmidt.

« Ah ! » grogna le zombie fermier.

Le groupe de spectateurs se tenait à côté de la clôture, les habitants du continent étant stupéfaits. Seule Marija, grâce à sa peau épaisse et à son expérience professionnelle, a eu la volonté d'interroger le médecin. Elle

avait une expression critique et interrogatrice, ses sourcils se cambraient d'un air sceptique. Elle a brandi son petit enregistreur numérique.

À l'arrière-plan, sous les yeux du groupe, le zombie fermier a porté le coup fatal avec son pistolet à verrou. Le corps de la vache est devenu mou et est tombé. Les zombies ont immédiatement commencé à bondir dessus. Hugo s'est appuyé sur le

clôture, regardant le massacre avec indifférence. Zeb avait l'air légèrement dégoûté, le visage froissé de mépris. Jeremy avait les yeux écarquillés, comme un enfant qui venait de découvrir que le Père Noël existait. Il a tâtonné avec étonnement grand téléobjectif accroché à une ficelle autour de son cou.

« Et je suis sûr que tout cela est fait humainement, Docteur ? »
Marija a demandé.

« Ah ah ! » Les zombies gémissaient et grognaient en dévorant leur
farine de bœuf. « GRAAH ! »

« Bien sûr ! Je vous assure que les animaux ne ressentent rien. Allons
maintenant au centre de recherche », a répondu le Dr Schmidt.

LE GROUPE DE JOURNALISTES dégoûtés, contrastant avec
l'indifférence de leurs escortes scientifiques, s'est éloigné du carnage en
empruntant le chemin de terre menant à la basse-cour. Les bruits
humides et épais des morts-vivants qui se nourrissent

derrière eux, l'air emplissait encore de manière audible, mais
s'estompait au fur et à mesure qu'ils s'éloignaient. Tout le groupe a essayé
de oublier le souvenir de la scène horrible à laquelle ils venaient d'assister,
sauf Jeremy. Alors que d'autres

concentré sur la voie à suivre ou bavardant en vain, Jeremy n'arrêtait
pas de regarder la scène de plus en plus réduite d'une dévastation
sanglante, l'air de révulsion sur son visage ne le ralentissant pas après
avoir pris des photos rapidement.

Schmidt a parlé à Marija en lui présentant l'excellent argument de
vente sur les avancées scientifiques sur lequel il s'appuyait pour être cité
dans son article. Le visage de Jeremy se froissait d'un dégoût
comiquement exagéré à l'idée de voir le Dr Schmidt être ainsi.

ouvertement amical à son amour.

« Waouh ! » Jeremy marmonna jalousement.

Le groupe a suivi son guide jusqu'au grand bâtiment blanc situé
près de la plage, qui abritait la majeure partie du centre de recherche et
des installations de l'île. Une courte promenade dans un couloir étroit
s'est terminée par une porte de sécurité, qui nécessitait une analyse des

empreintes digitales et de la rétine. Schmidt a posé sa main sur un bloc-notes, a regardé dans un petit trou de verre percé dans le mur et le groupe est rapidement entré dans le laboratoire. Il était grand et plein de murs blancs, d'équipements en acier inoxydable et de stylos à parois en plexiglas avec des zombies à l'intérieur. L'entrée et la moitié avant du laboratoire étaient surélevées par rapport à l'autre moitié, où les zombies résidaient dans leurs cellules. Cela a permis aux chercheurs de les regarder d'en haut, comme des dieux regardant la création d'en haut. La façade du laboratoire présentait un assortiment de tables de travail en acier inoxydable étincelant et un réfrigérateur. Toutes les tables et les plans de travail étaient en acier inoxydable. Au sommet des tables se trouvaient de nombreux équipements en verre : des flacons, des brûleurs Bunsen, des béchers et une centrifugeuse pour les flacons de sang. Romero était assis à une table de travail et regardait un échantillon au microscope. Le Dr Schmidt a maintenu la porte ouverte au groupe alors qu'ils entraient et a fait un geste vers l'intérieur de la pièce d'un grand coup de bras.

« BIENVENUE DANS MON LABORATOIRE ! » Le Dr Schmidt a proclamé.

Romero leva les yeux et tourna la tête vers le groupe avec un grand sourire, même si ses yeux semblaient tournés vers Marija. Marija rougit légèrement, l'air timide et flattée en réponse. Jeremy l'a remarqué, le rendant instantanément agacé. Zeb leva les yeux au ciel devant le jockeying immature qui se déroulait parmi un groupe d'adultes. Le reste du groupe a fait semblant de ne pas s'en rendre compte.

« Bonjour ! » Romero a accueilli avec enthousiasme.

« Bonjour ! » Marija gloussa.

Les zombies, enfermés dans leurs cages transparentes, regardaient les débats avec un extrême intérêt, depuis leur prison engloutie.

« C'est là que le Dr Romero, Hugo et moi avons effectué la plupart de nos recherches et fait nos découvertes », explique le Dr Schmidt.

En regardant vers le bas depuis leur point de vue, les visiteurs du laboratoire ont commencé à observer les zombies tout de suite. Deux stylos en plexiglas étaient posés l'un à côté de l'autre, chacun étant occupé par un zombie. Le zombie de gauche était assez bien conservé. Il avait quelques plaques de chair pourrie et décolorée ; il n'aurait pas été considéré comme vivant, mais presque. Celui de droite était maigre et émacié ; sa peau était coriace, fissurée par la décomposition. Il y avait un gros parpaing en ciment dans chaque cellule.

« Comme vous pouvez le constater, le zombie de gauche est bien mieux préservé que celui de droite », explique Schmidt.

Schmidt s'est tourné vers ses invités et a continué à parler, souriant fièrement et tirant sur les revers de sa veste.

« Bien qu'ils aient été infectés à peu près au même moment, nous avons simplement donné à la personne de gauche une alimentation riche en chair crue, tandis que nous avons nourri la personne de droite très, très avec parcimonie. »

Jeremy regarda à nouveau les deux zombies. Maintenant, chacun avait les yeux exorbités et regardait le parpaing de sa cellule.

« L'agent pathogène zombie se nourrit de chair pour maintenir le fonctionnement du cortex cérébral. Maintenant... prends ton parpaing d'une main et soulève-le au-dessus de ta tête ! » Schmidt commandait les zombies.

Les deux zombies se sont penchés en avant et ont tendu la main vers leurs parpaings respectifs. Chaque zombie soulevait son parpaing au-dessus de sa tête. Le bras qui tenait le parpaing sur le zombie maigre vacillait légèrement. Jeremy a pris une photo.

« Chacun a suffisamment de force musculaire pour soulever un bloc de 20 livres », explique Schmidt.

Sous les yeux de l'équipe du magazine, le bras du zombie souffrant de malnutrition s'est littéralement cassé. Le bras et le parpaing se sont écrasés au sol. Le zombie ratatiné et presque momifié n'avait pas l'air de souffrir ni même d'être surpris. Il baissa simplement les yeux sur son bras, s'écrasant au sol, la tête légèrement inclinée, comme s'il était confus.

« Mais le corps de la personne émaciée n'a pas la force de le tenir. Le membre se rompt simplement », a poursuivi Schmidt.

Le zombie émacié est reparti comme si de rien n'était, retournant à son travail de fouille dans sa cellule. Jeremy a pris une photo.

« Ah ! » grogna le zombie.

« En l'absence de récepteurs de douleur vivants, le zombie ne souffre pas et continue comme il le ferait », a conclu le scientifique.

Schmidt baissa les yeux sur l'autre zombie et donna un ordre ferme.

« Déposez votre quartier. »

Le zombie a posé son bloc en conformité et a continué à arpenter son enclos. Marija s'est avancée et a pointé du doigt la poitrine du Dr Schmidt, avec un regard accusateur.

« Vous avez dit pathogène ! Cela signifie-t-il que vous faites des expériences sur des personnes vivantes infectées par un virus ? » Marija a accusé.

Au début, le médecin a été légèrement surpris, surpris.

Schmidt a écarté les mains en signe de légitime défense, a secoué la tête et a ri devant l'accusation de Marija.

« Hé. Non, non, Mlle Esteban. Bien que l'agent pathogène zombie soit un virus, il est malheureusement mortel quelques minutes après l'infection », explique Schmidt.

Schmidt s'est tourné vers un schéma accroché au mur du laboratoire et l'a pointé du doigt avec son fidèle pointeur en plastique. Il présentait un dessin en coupe transversale du corps humain détaillant l'estomac, le système digestif, le cœur et le système circulatoire, le cerveau, la moelle épinière et le système nerveux. Jeremy a pris une photo.

« Le virus attaque d'abord le système circulatoire et arrête fatalement le cœur en quelques minutes. »

LE POINTEUR DE SCHMIDT S'EST DÉPLACÉ VERS L'ESTOMAC ET LE SYSTÈME DIGESTIF.

« Le système digestif change, les intestins inférieurs et les intestins se ferment complètement, le reste du système retient et emmagasine la chair consommée jusqu'à ce qu'elle soit complètement absorbée par le système, ne produisant aucun déchet. »

Schmidt a maintenant pointé du doigt le cerveau et la moelle épinière avec son pointeur et a regardé le groupe avec enthousiasme tout en continuant à expliquer. Une petite partie du cerveau sur la carte était surlignée d'une couleur différente, une partie située à l'arrière, attachée à la moelle épinière.

« Le cerveau s'arrête presque complètement à l'exception de cette petite partie. Il envoie des impulsions électriques aux nerfs et aux muscles par le biais de la moelle épinière, ce qui permet au cadavre de rester animé. »

Schmidt se tourna à nouveau fièrement pour faire face au groupe, souriant et vantard, tenant son pointeur d'une main, l'autre tenant son revers.

« C'est pourquoi mon collier de contrôle fonctionne ! Parce qu'il puise directement dans le cortex spinal et ajuste ces impulsions en conséquence ! » Schmidt a proclamé.

Schmidt a ramené le groupe vers la porte du laboratoire. Ils l'ont suivi lentement.

« MAINTENANT ! C'EST l'heure du déjeuner, alors faisons le tour de la cafétéria. » Le Dr Schmidt a gloussé.

Alors que le groupe quittait le laboratoire pour se rendre dans le couloir, Marija était à la traîne et regardait l'enregistreur qu'elle tenait dans sa main gauche, l'autre main pendait légèrement sur le côté. Alors que Jeremy passait, sa main se tendit, tendant la main celui qui pendait mollement à ses côtés.

La main de Jeremy saisit celle de Marija.

Marija leva les yeux de son enregistreur avec colère et lui cria dessus avec incrédulité.

« Pas pendant que nous travaillons ! » elle a grondé.

Jeremy est revenu surpris, comme un chien surpris en train de ramasser de la nourriture sur la table.

Quelques instants plus tard, tout le groupe a marché dans le couloir. Jeremy est resté en retrait, à quelques mètres à droite de Marija. Les joues de Jeremy étaient rouges d'embarras ; il avait l'air nerveux. Marija a continué à le regarder de côté, sans être impressionnée. Zeb et le reste du groupe ont pris les devants. Zeb baissa la tête et la secoua avec incrédulité. Le reste du groupe a fait semblant de ne pas s'en rendre compte, regardant maladroitement dans différentes directions, étudiant des insectes imaginaires ou des motifs sur les dalles de plafond qui étaient soudainement devenus intéressants.

« Essayons de rester professionnels », a suggéré Marija.

« Hé, désolée... » Jeremy gloussa d'un air penaud.

CHAPITRE 5

Pendant ce temps, le fermier zombie s'est faufilé dans l'immense étable, s'apprêtant à sacrifier une autre vache à ses ouvriers agricoles et aux ouvriers de l'île.

Alors qu'il entrait dans l'enclos à vaches, la vache qui s'y trouvait est devenue très agitée. L'odeur de sang encore dans l'air la rendait nerveuse, et ce cadavre ambulant violant son espace personnel n'a rien fait pour son tempérament. La vache regardait le zombie par-dessus son épaule, agacée. L'instinct de combat ou de fuite de la vache s'est manifesté. Elle a tiré sa patte arrière vers l'intérieur, s'enroulant dans son muscle épais et visant du mieux qu'elle pouvait.

Un sabot noir épais attaché à une grosse patte puissante propulsée dans les airs. La patte arrière de la vache a donné un coup de pied à la tête du zombie de plein fouet. Un craquement d'os résonna dans la grange lorsque le zombie se retrouva soudainement en l'air. Bien que son squelette ait été sérieusement endommagé, le zombie est resté en un seul morceau. Il s'est retrouvé à voler à travers la porte ouverte de la grange et à atterrir sur la clôture voisine. La force provoquée par le coup puissant a terminé son arc alors que les pieds du zombie étaient encore à quelques centimètres du sol, le bas de son dos entrant en collision avec le barreau supérieur de la clôture. Sous l'effet de l'élan, le poids du zombie l'a propulsé par-dessus la clôture et a trébuché dans la terre de l'autre côté.

Le zombie a atterri sur l'herbe poussiéreuse avec un bruit sourd. Son corps était aussi proche que possible de ce que l'on appelle un état de choc. Comme il était essentiellement un automate biologique, il a immédiatement tenté de retrouver son équilibre en titubant vers la limite des arbres.

Le zombie a essayé de se tenir debout, ses jambes vacillaient et tout son corps vacillait de façon instable.

« AH ! » il gémit de frustration.

Cela n'a servi à rien. Le zombie a perdu l'équilibre et s'est effondré latéralement dans la limite des arbres.

« GAAAAHHH ! » hurlait le pauvre bougre mort-vivant.

Ça aurait pu s'arrêter là. Le zombie aurait pu retrouver son équilibre et se lever pour vaquer à ses occupations, car les zombies ne se sentent pas gênés. Il l'aurait fait si le feuillage tropical n'avait pas caché une autre surprise. De l'autre côté de la limite des arbres se trouvait une colline rocheuse abrupte. Les décombres durs et impitoyables se frayaient un chemin le long d'une pente de 15 pieds jusqu'à la plage de sable en contrebas. Le zombie fermier a vacillé, trébuché et a entamé une descente rapide sur la paroi rocheuse escarpée, frappant et brisant les os et les parties du corps de chaque rocher immobile en descendant. La courte chute a frappé et battu son corps déjà sans vie. Si une âme vivante avait été sur la plage voisine, elle aurait entendu des sons forts d'os et de muscles se fracasser contre la pierre. La chute de l'esclave mort-vivant s'est finalement terminée lorsque toute la force du poids et de la gravité a incité sa tête à entrer en collision avec un rocher sur la plage, la tête la première.

Le zombie vêtu d'un plaid et d'une combinaison gisait en tas froissé sur la plage, immobile.

La scène est restée immobile et, quelques minutes plus tard, elle était toujours aussi silencieuse qu'une tombe.

« UUUHHH ! » Un gémissement émanait du cadavre en décomposition alors qu'il commençait à trembler.

Avec une soudaine accélération, le zombie s'est assis sur ses genoux, a cligné des yeux rapidement et a regardé autour de lui. Il regardait au loin comme un chien de prairie de l'Utah, comme si un regain d'intérêt pour la vie lui était revenu.

Son collier

de commande était cassé dans le sable à proximité, le mécanisme de verrouillage ayant été brisé lorsqu'il a heurté le rocher.

Il baissa les yeux maintenant vers le rocher, son visage brisé quelque peu perplexe.

Il a regardé les deux moitiés cassées de son collier gisant dans le sable.

Au bout d'un moment, il s'est penché en avant et les a ramassés.

Le zombie a tenu les deux moitiés du collier en l'air au-dessus de sa tête et a émis un son à glacer le sang.

« GAAAHHH ! ! ! » il a crié de victoire.

Quelques instants plus tard, dans un bosquet voisin, un groupe de zombies peu soudés se baladait, récoltant des mangues au bord de la plage.

L'un d'eux a regardé de côté et a remarqué à demi-cœur le zombie fermier battu, battu et sans collier qui se traînait vers l'avant. Le zombie sans collier a fait preuve de toute sa volonté et s'est tenu debout, fier et provocateur. Il avait l'air en colère, les sourcils arqués, les dents serrées, les bras levés au-dessus de sa tête, les mains enroulées autour d'un rocher sombre et lourd. Le zombie vêtu d'une combinaison a fait peser tout le poids de la pierre sur son camarade cueilleur de mangues.

CHAPITRE 6

Les murs de la cafétéria ont été peints avec le même blanc plat que les murs extérieurs du bâtiment. Il avait l'air et le sentiment d'être très stérile. La nourriture a été servie dans des bacs en acier inoxydable sur des plateaux en acier inoxydable et transportée sur des tables en acier inoxydable. Les scientifiques, les journalistes et les autres employés du centre de recherche portaient des blouses de laboratoire, assis sur de longs bancs en acier inoxydable fixés aux tables, mangeant leur cordon bleu ou leurs hamburgers végétariens, selon leurs préférences. Tout le monde mangeait et discutait nonchalamment, à l'exception de Jeremy, qui jouait avec sa nourriture et regardait Marija. Pour sa part, Marija était complètement inconsciente et discutait avec Hugo de ce que c'était que de travailler pour son père et de la vie d'un jeune homme sur une île tropicale entourée de personnes riches et âgées.

Jeremy a continué à regarder Marija avec impatience.

« Elle est tellement belle », s'est dit Jeremy. « Je l'aime depuis si longtemps ! Je n'arrive pas à croire que nous nous soyons enfin réunis. J'espère ne pas l'avoir déjà gâchée en lui donnant presque un air peu professionnel. À quoi pensais-je ? »

Jeremy baissa les yeux sur sa nourriture, l'air désespéré et consterné, jouant à nouveau avec.

Zeb l'a remarqué en le regardant de l'autre côté de la table, en secouant la tête ou en levant les yeux au ciel.

Au loin, derrière Jeremy et par-dessus son épaule, l'entrée de la cafétéria se dressait avec des portes ouvertes, offrant une vue dégagée sur le couloir situé au-delà. Plusieurs assistants de laboratoire qui n'avaient pas pris leur déjeuner à ce moment-là ont soudainement franchi cette porte et se sont précipités dans un autre couloir, paniqués.

CHAPITRE 7

Un petit groupe de personnes riches, grasses et moites étaient assises au soleil sous le ciel tropical, rassemblées autour de la piscine du complexe. Les personnes aisées étaient assises en train de siroter des boissons servies par des zombies au bord de la piscine. D'autres concierges morts-vivants se tenaient là, parfaitement immobiles, attendant de leur offrir la serviette drapée sur leurs bras.

À travers une clôture ouverte en fer forgé et une rangée d'arbustes topiaires décoratifs, plusieurs zombies sans collier de contrôle (anciens récolteurs de mangues) se sont faufilés, sans être remarqués par les clients au bord de la piscine.

Un zombie sans collier s'est glissé derrière un zombie à collier qui se trouvait au bord de la piscine, prêt à porter une serviette. Le zombie libéré a saisi l'épaule de ses frères asservis, attirant ainsi l'attention de ces derniers. Les deux cadavres ambulants de morts-vivants ont maintenu un contact visuel pendant un moment.

Le zombie porte-serviettes se précipita vers l'avant, une expression de surprise sur son visage alors que son parent incontrôlé le poussait par derrière.

Les bras du zombie se sont agités lorsqu'il est tombé dans l'eau parfaitement chlorée et à température régulée avec un « Sploosh ». L'action a éveillé l'attention et la curiosité des clients au bord de la piscine ; quelques baigneurs se sont légèrement éloignés, dégoûtés. C'était bien d'accepter une serviette d'un zombie, mais de ne pas partager une piscine. L'eau est tombée calme et silencieuse.

Quelques instants plus tard, la tête du zombie porte-serviettes émergea lentement de l'extrémité peu profonde de la piscine, l'air en colère, son collier de contrôle pétillant et projetant des étincelles.

Le zombie a gravi la rampe située dans la partie peu profonde qui constituait l'entrée de la piscine, laissant tomber sa serviette au passage. Alors que le serviteur mort-vivant marchait lentement vers le bord de la piscine, les lumières incandescentes sur son col ont clignoté et se sont éteintes. Le collier s'est assombri, une dernière étincelle a été émise par un « zap », puis le loquet électronique s'est ouvert, laissant le collier tomber sur les pierres de la terrasse à ses pieds.

Toute la scène est passée inaperçue devant un homme âgé allongé sur une chaise de jardin. Ses yeux étaient cachés derrière d'épais verres correcteurs noirs, sa poitrine recouverte de poils épais, gris et emmêlés et ornée de grandes chaînes et de médaillons en or. Sa tête chauve était recouverte d'un chapeau de soleil en paille. L'homme a continué à se prélasser inconsciemment, les lunettes noires obscurcissant sa vision, plusieurs verres à cocktail vides sur le sol à côté de lui.

Lorsque les jambes du zombie sont entrées dans sa vision périphérique, il l'a finalement remarqué et a donné un autre ordre, tendant la main vers le zombie, agitant un verre à cocktail vide.

« Très bien ! Apporte-moi un autre Amaretto Sour ! » ordonna le vieil homme.

L'ancien porte-serviettes mort-vivant s'est penché en avant avec colère et a établi un contact visuel constant et conscient avec le monsieur poilu. Les yeux de l'homme s'écarquillèrent soudainement de reconnaissance. Avant qu'il ne puisse réagir, le zombie qui s'était introduit et avait poussé le zombie portant une serviette dans la piscine enfonçait ses dents dans le visage de l'homme. Le porte-serviettes a rapidement suivi, mordant la chair de l'avant-bras agité de l'homme. Du sang jaillissait des blessures. L'homme a poussé un cri à glacer le sang alors que plusieurs autres zombies libérés au bord de la piscine se précipitaient vers l'avant, comme une meute de chiens affamés, lui mordant de gros morceaux de chair.

Là où le calme régnait autrefois, c'est maintenant le chaos. Des personnes paniquées ont commencé à courir et à crier, beaucoup étant attaquées par plusieurs zombies libérés.

Le chaos s'est poursuivi alors que les zombies attaquaient et se régalaient des vivants. La scène réelle était plus sanglante que n'importe quel film de morts-vivants. Un zombie aux yeux écarquillés, récemment libéré, accroupi au bord de la piscine, mâche un bras humain comme s'il s'agissait d'une aile de poulet.

CHAPITRE 8

À l'extérieur du centre de recherche, des zombies libérés se sont promenés et se sont faufilés dans la zone poussiéreuse située à l'extérieur des lourdes portes en verre et en acier du centre.

Deux assistants de recherche en blouse de laboratoire ont couru sans but vers la plage, horrifiés et hurlant avec des zombies qui les poursuivaient, laissant distraitement la porte légèrement entrouverte dans leur panique.

À l'intérieur et au bout du couloir, un assistant de recherche est sorti d'un laboratoire en regardant un collègue perché derrière un microscope. Elle n'a pas vu le zombie s'approcher d'elle.

« Je vais simplement comparer les spécifications avec... », a-t-elle commencé.

Le zombie dans le couloir se précipita, se mordant la gorge de l'assistant. Du sang a jailli et a rempli les yeux de la jeune femme alors qu'elle agitait ses bras de terreur.

« AAAAAAAAIIII ! ! ! » elle a crié.

Au bout du couloir, les scientifiques et les journalistes qui terminaient leur déjeuner ont entendu le cri et ont regardé vers la porte ouverte avec un intérêt soudain. Une chercheuse paniquée, une femme noire d'âge moyen en blouse de laboratoire, les cheveux longs et tressés, est entrée en courant par le couloir et a crié jusqu'à la porte ouverte de la cafétéria.

« Docteur Schmidt ! Il s'est passé quelque chose ! Les sujets se sont débarrassés de leurs colliers et attaquent ! » elle a crié.

La femme a été attaquée depuis l'embrasure de la porte par un zombie affamé. Elle a crié en descendant, se précipitant impuissante pour trouver quelque chose à contenir alors que le zombie l'a traînée loin de l'entrée et dans le couloir, à perte de vue.

« AH AH ! » grogna le zombie

« IIIIIEE ! ! ! » La femme a poussé son dernier cri.

Le calme suave habituel du Dr Schmidt s'est dissipé. Son visage était la définition de l'inquiétude et de la panique.

« Oh mon dieu. »

Marija s'est levée de son siège avec colère, a jeté son plateau au sol et a pointé du doigt Schmidt, furieuse.

« Je pensais que tu avais dit que cela ne pouvait pas arriver ! » elle a dit d'un ton accusateur.

Romero s'est levé et a essayé de calmer tout le monde, essayant de garder la tête froide dans une situation très grave. Le médecin aîné a tendu les mains, essayant de mettre de l'ordre dans une situation au bord de l'éruption.

« D'accord ! Ne paniquez pas ! Nous l'avons prévu ! Tout le personnel doit garder à l'intérieur des sacs de survie contenant des radeaux gonflables. Des pièces de rechange se trouvent dans le laboratoire principal », explique Romero. « Nous sonnons l'alarme et tout le monde saura qu'il faut évacuer et courir vers le rivage pour s'échapper. »

Marija se tourna et regarda Romero, une lueur d'espoir apaisant sa panique.

« Alors on court au labo, on récupère les sacs et on court vers le rivage ? » Marija a demandé avec espoir.

« OUI ! » Romero a répondu avec enthousiasme.

Une équipe hétéroclite de scientifiques, de médecins et de journalistes a rapidement jeté un coup d'œil par la porte de la cafétéria, avec prudence, presque comique, pour voir si c'était sûr. Il y avait du sang et d'épais tissus corporels noirs étalés sur les murs blancs tout au long du couloir, mais aucun zombie n'était en vue.

Toute la bande est passée à l'action en courant dans le couloir en direction de la sortie la plus proche.

« ALLEZ ! VAS-Y ! » Zeb a encouragé le groupe en courant à pleine vitesse.

Un zombie en colère a surgi par l'embrasure d'une porte de l'un des laboratoires et s'est retrouvé au milieu du peloton de course, les effrayant. Marija était en tête, bien en avance sur les autres. Elle a regardé par-dessus son épaule, mais n'a pas ralenti pour s'assurer que ses amis allaient bien.

« ARRRRAAHHH ! » grogna le zombie.

« TU VOIS ! ! ! ! » Jeremy a crié de peur.

LES MAINS DE ZEB ÉTAIENT enroulées autour d'un extincteur accroché au mur du couloir.

Zeb a fait passer le zombie en travers de la tête avec l'extincteur, lui a arraché la tête, a envoyé un globe oculaire sur les carreaux du sol et a sauvé tout le monde.

La tête du zombie a flotté dans les airs et a rebondi sur le sol alors que le gang continuait de courir.

Lorsque le groupe est arrivé au laboratoire, Romero a rapidement effectué l'empreinte de la main et l'accès à la rétine, et ils ont tous franchi la porte. Alors qu'ils reprenaient leur souffle, Romero actionnait déjà un interrupteur pour déclencher l'alarme. Un pouls retentissant a attaqué les tympans de chaque personne vivante de l'île. Le corpulent petit docteur n'a rien perdu et était déjà en train de récupérer les sacs de survie sous un poste de travail en acier inoxydable, suivi de près par Marija.

« ILS SONT LÀ ! TOUT LE MONDE EN PREND UN ! » Romero a ordonné.

Ensemble, les scientifiques à l'origine de la situation et les journalistes ont enfilé les kits de survie qui offraient une chance désespérée de vivre. Bientôt, tous les sept (Zeb, Marija, Jeremy, Dr. Schmidt, Dr. Romero, Doreen Schmidt et Hugo) portaient des sacs à dos, debout près des doubles portes en acier qui donnaient sur l'extérieur.

« D'accord... VAS-Y ! » Romero a fait signe.

Le groupe a franchi les portes et a pénétré dans le monde extérieur lumineux et ensoleillé. Ils ont couru à plein régime et se sont précipités vers la plage. Des zombies affamés se baladaient et se jetaient sur eux. Des cadavres et des parties du corps défigurés étaient éparpillés. Le bétail non infecté courait dans le chaos, profitant de sa nouvelle liberté. Apparemment, les fermiers zombies ont laissé la porte ouverte lorsqu'ils ont été libérés, préférant la chair humaine aux animaux de ferme.

Outre les habitants indigènes d'origine et les zombies importés utilisés comme colliers de contrôle, il y avait de nombreux nouveaux zombies.

Parmi les nouveaux morts-vivants figuraient des scientifiques, des employés de centres de recherche et de riches vacanciers portant des toupets et des Speedos.

Presque immédiatement, Doreen Schmidt a été entourée de zombies. Plusieurs d'entre eux l'ont mordue en même temps, l'ont tirée et mangée alors qu'elle criait et tendaient désespérément la main vers le reste du groupe, qui courait toujours.

« EEEEIIII ! » Ses cris perçaient la brise tropicale.

Schmidt, reconnaissant la voix de détresse de sa femme, s'est retourné pour voir ce qui lui arrivait. Son visage était plein de choc et de tristesse. Il a tendu la main, les larmes aux yeux, en essayant de rentrer pour la sauver, mais Zeb

saisit fermement son épaule, l'éloignant.

« NON ! DOREEN ! » Schmidt a crié.

« ALLEZ DOCTEUR ! TU NE PEUX PAS L'AIDER MAINTENANT ! » Zeb a expliqué, horrifié.

Marija et Jeremy, désormais en avance sur le reste du groupe, se sont arrêtés un instant à côté d'une zone de broussailles sur la plage pour reprendre leur souffle et regarder en arrière et assister au destin horrible de Doreen. Les deux hommes regardaient vers le rivage pour trouver leur chemin vers l'eau à travers le carnage et les hordes de morts-vivants.

« Mère de Dieu », marmonna Marija désespérément.

Jeremy s'est approché de Marija en posant sa main sur son bras.

« C'est bon, on va quand même y arriver », a-t-il rassuré.

Jeremy regardait de l'autre côté du sable blanc. Il a pu constater que le côté gauche de la plage avait moins de zombies que le côté droit, qui en avait deux fois plus. Dans l'esprit de Jeremy, cela équivalait à deux fois plus de chances de survie s'ils partaient dans une direction moins fréquentée par des morts-vivants voraces. Jeremy a serré plus fort l'épaule de Marija et a pointé du doigt une ouverture dans le sable.

« Nous pouvons y arriver si nous nous dirigeons dans cette direction, où ils sont moins nombreux », a-t-il expliqué.

Jeremy a saisi les épaules de Marija et l'a regardée profondément dans les yeux.

« Quoi qu'il arrive, je ne laisserai rien de mal t'arriver. J'ai attendu si longtemps. Maintenant que je t'ai enfin, je ne te lâcherai pas ! » Jeremy a avoué.

Marija est restée silencieuse et surprise pendant un moment avant que la chaleur ne monte sur son visage et ne lui fait rougir les joues.

Marija s'est échappée de l'emprise de Jeremy et l'a repoussé.

« Tu m'as ? TU M'AS ? ! ? Je t'ai baisée ! C'est ça ! » balbutia la briseuse de cœur latina.

Le cœur de Jeremy s'est effondré lorsque Marija a commencé sa conférence. Aucun des deux n'était au courant du zombie qui se faufilait derrière Jeremy.

« Tu sais ? C'est comme être en vacances ? Je n'arrive pas à croire que tu pensais que nous serions en couple à notre retour ! »

Marija a repéré le zombie par-dessus l'épaule de Jeremy et a poussé son prétendu prétendant vers l'arrière, en direction du monstre mort-vivant.

Jeremy est tombé sur le sable avec un « bruit sourd » alors que le zombie le menaçait.

« Désolée, crétin ! » Marija a appelé et s'est lancée dans un sprint complet sur la plage.

« URRRR », le zombie a menacé Jeremy.

Le zombie s'est jeté, a claqué et griffé le photographe à la barbe d'gingembre. Jeremy a réussi à s'accroupir sur le dos, mettant ses pieds dans la poitrine du zombie, empêchant ainsi ses mains et ses dents d'entrer en contact avec lui. Les dents de Jeremy se sont serrées les dents de colère et de désespoir à cause de tout ce qui s'était passé, repoussant ses larmes de chagrin tout en luttant pour sa vie.

« AAAA ! » Jeremy a crié de colère en le chassant du zombie.

Le jeune homme a rapidement saisi son sac de survie et a cherché quelque chose à l'intérieur. La main de Jeremy est sortie du sac, tenant un pistolet lance-fusées. Ses mains se sont bousculées et, malgré sa panique, il a également repéré une boîte contenant des fusées éclairantes.

Devant lui, le zombie que Jérémy venait de repousser s'est remis sur pied après avoir quitté le sol poussiéreux.

« AAAHHHHH ! » le zombie a exprimé son mécontentement.

Le monstre se précipita de nouveau vers Jérémy, furieux, la bouche ouverte et les bras tendus. Jeremy a levé le pistolet lance-fusées et a visé le torse du zombie.

BLÂME !

En une fraction de seconde, le zombie volait à reculons dans les airs, projeté en arrière par une fusée éclairant la poitrine.

Jeremy se tenait debout avec défi en brandissant son pistolet lance-fusées, l'air furieux et, si Marija avait regardé, elle aurait dû avouer qu'elle était un peu dure à cuire.

« Très bien, enfoirés, j'en ai à peu près assez aujourd'hui », a annoncé Jeremy.

Jeremy a fait exploser la tête d'un autre zombie à proximité avec son pistolet lance-fusées.

BLÂME !

Marija est arrivée sur la zone de sable ouverte près du rivage qu'elle recherchait, suivie de près par Zeb et le Dr Schmidt, en difficulté. Tous trois se tournèrent vers Jérémy, étonnés de le voir emporter des zombies au loin.

À présent, Marija regardait.

« Waouh », marmonna-t-elle, surprise de voir à quel point elle avait sous-estimé l'homme avec qui elle avait fait l'amour la veille au soir.

Le Dr Schmidt a regardé autour de lui et a commencé à paniquer, reprenant sa lutte.

« Attendez ! Où sont Hugo et le docteur Romero ? Je n'irai pas sans eux ! Je dois retrouver mon fils ! » Schmidt a exigé.

Zeb était sévère et peu impressionné, mais il a renoncé à lutter avec le médecin. Il avait trop d'autres choses à craindre.

« Très bien ! Va les chercher. Fais l'escapade sur la plage. Marija et moi pouvons suivre le rivage jusqu'à l'hélicoptère. Nous partons dans 15 minutes », a déclaré Zeb, en fait.

CHAPITRE 9

Schmidt a traversé la plage en courant en direction du centre de recherche, paniquant et évitant les zombies qui se précipitaient, les yeux écarquillés et effrayés.

Zeb et Marija ont couru sur le sable dans la direction opposée, le léger clapotis des vagues faisant éclabousser leurs bottes alors qu'ils se dirigeaient vers l'hélicoptère.

Schmidt a trébuché et s'est frayé un chemin vers Jeremy, soufflant et soufflant à cause de l'effort. Jeremy l'a juste regardé fixement.

« H-Hugo et... le Dr Romero ont disparu... quelque part. Les autres... attendent dans l'hélicoptère... h », a réussi Schmidt.

Jeremy avait chargé d'autres obus dans son pistolet lance-fusées pendant que Schmidt expliquait, juste à temps pour écouter le médecin avant de lever son arme et de tirer, anéantissant un zombie qui s'était faufilé sur l'homme plein de vent.

Jeremy lança un regard froid et sérieux à Schmidt.

« Allons les chercher alors. »

Jeremy a immédiatement fait exploser le haut de la tête d'un zombie qui s'était avancé pour lui barrer la route vers le centre de recherche. Derrière lui, presque dos à dos, le Dr Schmidt a extrait un outil de retranchement de son sac de survie. Schmidt a poignardé un zombie qui le frappait

droit dans la poitrine. La pelle s'est enfoncée dans la chair pourrie avec une « tache » humide !

Jeremy et le bon docteur se sont frayés un chemin de terre poussiéreux, s'enfonçant plus profondément dans la dense forêt tropicale alors que des zombies affluaient de toutes les directions. Sur le chemin emprunté, Jeremy et le Dr Schmidt ont continué à combattre les zombies qui les entouraient. Jeremy a tiré avec le pistolet lance-fusées et a donné un coup de pied à un zombie, le renversant vers l'arrière. Schmidt a coupé la tête d'un autre zombie avec une facilité surprenante.

Une main humaine est sortie d'un buisson voisin et a saisi fermement le poignet de Jeremy.

Jeremy tourna les yeux, plissa les yeux froidement et pointa le pistolet lance-fusées directement sur la tête de l'attrapeur.

Le Dr Romero a paniqué lorsque la fusée éclairante s'est écrasée contre son visage.

« Ne tirez pas », a supplié Romero.

Jeremy le regardait, froid et agacé.

« Pourquoi n'as-tu pas couru à la plage ? » Jeremy a demandé.

« Je... j'ai des recherches importantes dans ma maison que je ne peux pas quitter ! » il a bégayé.

Il semblait y avoir une accalmie chez les zombies. Jeremy a donc mis le pistolet lance-fusées dans sa ceinture. Schmidt a plané à proximité avec sa pelle prête.

« C'est dommage, car dès que nous trouverons Hugo, nous prendrons l'hélicoptère et nous partirons », a déclaré Jeremy.

Schmidt a tapoté Jeremy sur l'épaule, attirant son attention sur une maison voisine, partiellement visible à travers les arbres.

« Bien, parce que c'est la maison de Hugo », a déclaré Schmidt.

CHAPITRE 10

De retour sur la plage, Zeb et Marija se sont approchés de l'hélicoptère.

Zeb a crié : « Ça a l'air clair ! Nous devrions être en mesure de les empêcher de pénétrer à l'intérieur de l'hélicoptère. »

Zeb s'arrêta et regarda Marija d'un air sombre.

« S'ils ne sont pas là dans quinze minutes, nous devons partir ! »

« Pourquoi attendre ? Ils sont probablement morts ! » Marija a répondu.

Zeb avait l'air encore plus triste et un peu dégoûté de la réponse de Marija.

« Humph... » c'est tout ce qu'il a dit en se détournant, ignorant sa déclaration.

Zeb est entré par le côté sombre, vide et ouvert de l'hélicoptère.

« Il devrait y avoir des armes et des fournitures ici... »

Une tête de zombie est sortie de l'obscurité et a mordu l'épaule de Zeb.

« AH ! » Zeb a crié.

Plusieurs autres zombies sont apparus de l'intérieur de l'hélicoptère et ont commencé à mordre à divers endroits du corps de Zeb.

« AAAHHHHHHHHHHHH !!!!!! » Zeb a crié d'agonie alors que les cadavres arrachaient des morceaux de chair de son corps.

CHAPITRE 11

Jeremy, Schmidt et Romero se sont approchés prudemment de la porte d'entrée de la maison d'Hugo. La lourde porte d'entrée était légèrement entrouverte et les trois hommes se tenaient à la porte, noyés dans une appréhension silencieuse. Schmidt a utilisé la pointe de sa pelle armée pour ouvrir lentement la porte pendant le reste du trajet. Les hommes ont plissé les yeux et ont jeté un coup d'œil dans la maison sombre et en désordre. Ils sont entrés sur la pointe des pieds avec précaution, l'esprit en état d'alerte.

« Hugo ? » Le père du jeune homme a demandé à haute voix, espérons-le.

Les trois sont entrés lentement dans la maison, fouillant prudemment toutes les ordures sur le sol. Jeremy tenait le pistolet lance-fusées à deux mains, l'a abaissé devant lui et était prêt. Schmidt s'est accroché mollement à sa pelle en la traînant. Romero a fouillé prudemment un placard du couloir, a trouvé une batte de baseball et l'a portée par-dessus son épaule.

Hugo se tenait au bout du couloir qui menait à la chambre. Il portait un pantalon par-dessus sa combinaison intégrale en latex, la capuche retroussée vers l'arrière, exposant ainsi son visage. Ses yeux étaient foncés et décolorés, ses joues étaient d'une étrange pâleur verte, comme si elles commençaient à pourrir. Malgré le fait évident qu'Hugo était en train de devenir l'un des morts-vivants que les hommes essayaient désespérément d'éviter, le Dr Schmidt est resté debout et confiant, tendant la main vers son fils, désireux de s'avancer et de le prendre dans ses bras pour le protéger paternellement. Aux pieds d'Hugo se trouvaient les trois esclaves sexuels zombies qu'il avait gardés secrets dans sa chambre. Chaque concubine morte-vivante a vu son collier de contrôle remplacé par une chaîne attachée à une chaîne, dont l'autre extrémité était fermement maintenue dans la main de Hugo. Les amoureux des zombies enchaînés se sont accroupis et ont regardé les humains vivants qui osaient entrer dans leur demeure humide comme des animaux sauvages voraces.

« Papa. Rencontrez les filles », une voix rauque et distante émise par Hugo.

La réalité a commencé à se faire sentir. Le Dr Schmidt est rapidement devenu horrifié.

« Mon Dieu Hugo, qu'as-tu fait ? » Schmidt bégaya.

Le visage de Hugo, qui se zombifie lentement, s'affaissa. Il avait l'air abattu, vaincu et déprimé.

« Heh... je pensais que tu aurais été fière de moi. Nous aurions gagné beaucoup d'argent », a déclaré Hugo d'une voix distante qui change rapidement.

Hugo leva les yeux et lança un regard noir avec ses yeux foutus et son visage vert.

«... si le costume n'avait pas coulé », ses cordes vocales étaient grattées.

Le corps de Schmidt trembla, submergé de révulsion et de terreur.

« De l'argent ? Je n'ai pas besoin d'argent ! C'est une abomination ! » Schmidt a lutté contre des sentiments de trahison et de larmes.

« WAOUH ! Ne dis pas ça, papa ! Ce sont de belles filles ! Il suffit d'apprendre à les connaître ! » La voix de Hugo grattait chaque syllabe, commençant à projeter de sombres taches de sang sur ses lèvres.

Le visage décoloré d'Hugo est devenu un profond et déformé hurlement de colère. Sa main a relâché son emprise sur les chaînes qui retenaient les femmes asservies et affamées. Les chaînes ont claqué sur le sol.

Les trois filles zombies se sont jetées sur le Dr Schmidt et ont commencé à le mordre alors qu'il criait de terreur. Son visage est devenu un masque tordu de peur et d'agonie.

« AAHHHH ! ! ! » cria le docteur.

« AH AH ! » la concubine rousse morte-vivante gémit avant de croquer l'homme qui criait sur le sol.

La tête de la zombie blonde s'est soudainement cassée, son regard affamé se dirigeant vers Jeremy, qui reculait lentement vers la porte dans laquelle ils ont ouvert leurs portes depuis la seconde où il a vu Hugo pour la première fois au bout du couloir avec une meute de garces zombies en laisse.

Romero n'avait pas mis trop de temps à comprendre le signal et traversait la pièce à reculer, se rapprochant encore de quelques pas de la meute de morts-vivants qui dévorait son collègue. Les deux hommes étaient horrifiés et dégoûtés.

Jeremy a levé son pistolet lance-fusées et a tiré sur le visage sifflant du zombie blond.

Jeremy et le Dr Romero ont couru hors de la maison à toute vitesse, les yeux écarquillés de peur. Alors qu'ils franchissaient la porte d'entrée, la bande de zombies qui s'y trouvaient se bousculait et se griffait, grimpant les uns sur les autres, confuse et conflictuelle quant à savoir s'ils devaient poursuivre ou continuer à dévorer le repas qu'ils avaient déjà mangé par terre. La zombie blonde, qui n'avait eu qu'une partie de sa tête détruite par la fusée éclairante de Jeremy, s'est roulée et s'est tordue sur le sol.

« Va-t'en d'ici ! » S'exclama Jeremy en sprintant plusieurs mètres devant Romero.

Une Marija haletante et haletante est apparue à travers les arbres, sprintant dans la direction opposée, en direction des hommes qui fuyaient la maison. Voyant qu'aucun des deux ne voulait manger l'autre, les trois survivants se sont arrêtés sur leur lancée.

« Dieu merci ! Les gars, il faut trouver une nouvelle issue. Ils ont attrapé Zeb et la plage est trop pleine pour suivre cette voie », explique Marija en respirant difficilement. « Peut-être que nous pouvons, Maaaaaakkk... »

« PORCHE ! »

La voix de Marija était passée d'un discours paniqué à un cri tendu au milieu de sa phrase. Ses yeux, grands ouverts sous le choc, regardaient par-dessus son épaule pour regarder le visage qui se trouvait derrière elle. Le visage de Zombie Hugo portait un regard intense et maniacalement diabolique en la regardant en arrière. Son poing droit avait traversé la poitrine de Marija par derrière, la main ensanglantée sortant de l'avant, arrachant sa chemise, retenant son cœur dans sa griffe ensanglantée, une artère toujours attachée à sa cavité thoracique et tendue en une longue ficelle. Jeremy et Romero étaient sous le choc ; Jeremy était aspergé du sang de Marija.

Zombie Hugo, le bras ensanglanté qui traversait encore la poitrine de Marija jusqu'au coude, a levé la main vers son visage, retenant toujours le regard de Marija qui s'estompe rapidement, et a mordu son cœur. Les yeux de Marija se sont tournés vers l'arrière et son corps est devenu mou et sans vie, les yeux écarquillés et morts. Le cadavre de la belle hispanique est tombé dans l'étreinte ensanglantée et couverte de trous du zombie Hugo.

Le regard de Zombie Hugo se leva vers Jeremy choqué. C'était un regard profond et plein de connaissance. Lentement, le regard que Jeremy a renvoyé est passé du choc à la colère.

Puis, derrière le cadavre ambulant d'Hugo est apparu le Dr Schmidt, récemment zombifié, suivi des trois concubines de Hugo ; la blonde avait perdu une grande partie du côté gauche de sa tête. Du sang et des morceaux de cerveau pendaient de sa blessure béante. Ce qui restait de son visage semblait vraiment énervé.

« MERDE ! » Jeremy s'est exclamé.

Soudain paniqué, Jeremy s'est levé et a tiré au hasard avec son pistolet lance-fusées sur la meute de zombies.

« POISSON ! »

CHAPITRE 12

Romero et Jeremy se sont retrouvés debout dos à dos.

Romero s'en est pris à des zombies qui planaient juste hors de portée, et Jeremy les a tenus à distance en tirant ses fusées éclairantes. Romero a pointé du doigt une ouverture dans la horde.

« Nous pouvons y arriver ! Si nous courons vers ma maison, j'ai de la nourriture, un générateur et une pièce sécurisée où attendre les secours ! » Le Dr Romero a plaidé.

Sans autre mot de discussion, les deux hommes ont commencé à courir sur le chemin de terre poussiéreux, laissant derrière eux un mur de zombies mécontents. Jeremy leur a tiré une autre balle pour dissuader les monstres de les suivre.

« D'accord, allons-y ! »

Ils ont couru sur la route poussiéreuse et sont passés devant un grand cabanon en bois d'apparence branlante juste à côté du sentier. Il y avait deux fenêtres sombres donnant sur la route. Un câble électrique connecté au toit est tombé mollement dans l'air en direction de son poteau électrique improvisé, alimentant le bâtiment en électricité.

« C'est quoi ça ? » Jeremy a demandé.

« C'est le hangar utilitaire », explique le Dr Romero.

Jeremy s'arrêta, les yeux plissés, en train de réfléchir. Romero le regarda avec incrédulité.

« Qu'est-ce qu'ils y stockent ? » il a demandé.

« DES TRUCS ! Générateurs, produits chimiques pour piscines, essence, fournitures de recherche, pourquoi ? ! ? » Romero était exaspéré.

Jeremy tenait son arme en l'air, les yeux plissés, ressemblant à un héros de film d'action.

« Trouve un endroit où te cacher... J'ai une idée. »

Jeremy a changé de direction, courant vers les morts-vivants qui approchaient, agitant ses bras et tournant en rond sur la route poussiéreuse, raillant et taquinant les monstres qui rattrapaient lentement leur retard. Son présentoir avait fonctionné, attirant l'attention des zombies et leur donnant faim. Le cabanon se trouvait à l'arrière-plan, la porte d'entrée ouverte.

« Allez, enfoirés qui sentent mauvais ! Viens me mordre le cul ! » Jeremy a crié.

Jeremy a couru dans le hangar utilitaire ouvert. Il a regardé autour de lui les sacs de chlore, d'autres produits chimiques et les grandes carafes à gaz. Bientôt, des zombies s'approchaient avec colère, le suivaient et franchissaient la porte étroite pour entrer dans le hangar.

Jeremy a renversé une grande carafe d'essence, la renversant avec un « ploosh » alors que des zombies en colère commençaient à affluer dans la petite pièce.

Jeremy a ouvert l'une des fenêtres voisines alors que les zombies tendaient leurs doigts desséchés et desséchés vers lui, en colère et trébuchant les uns sur les autres, essayant d'être les premiers à se gaver de sa chair.

Jeremy est sorti par la fenêtre et s'est hissé sur le toit tandis que les bras de zombies en colère se griffaient et agitaient pour essayer de le saisir.

« GAAAH ! » un zombie a crié de frustration par la fenêtre ouverte.

Pendant ce temps, le Dr Romero, qui se cachait dans le feuillage épais des arbres et des buissons haïtiens juste à côté du chemin, a levé les yeux et a vu un grand zombie indigène en colère le menacer.

« ARR ! »

Romero a arraché la tête du zombie avec sa batte de baseball, ce qui a fait un bruit sourd. Le docteur s'est présenté à temps pour voir un autre zombie se faufiler sur lui.

Jeremy était maintenant suspendu la tête en bas au cordon d'alimentation qui était fixé au toit, ses mains et ses jambes enroulées autour du câble, s'éloignant lentement du bâtiment. Le cabanon était maintenant plein de zombies, tous en colère et tendus, certains essayant de grimper sur le toit par la fenêtre, comme ils avaient vu Jeremy le faire quelques instants auparavant.

Romero a combattu les zombies avec sa batte, paniqué, les yeux écarquillés de peur ; Jeremy s'est suspendu au fil de fer. Le jeune homme barbu a sorti son pistolet lance-fusées et a visé la fenêtre du hangar utilitaire.

« QUOI QUE TU FASSES, DÉPÊCHE-TOI ! » Romero a crié depuis sa position de combat contre les zombies dans les arbres.

« Foooooooosh ».

Jeremy a lancé une fusée éclairante sur la fenêtre du hangar bondée de zombies.

« KA-BOOOOOM ».

Le hangar a éclaté lors d'une énorme explosion. Le sol a tremblé sous la forme d'une boule de feu et de la fumée s'est élevée dans l'air, émettant des morceaux de verre, de bois et des morceaux de zombies dans toutes les directions et dans l'atmosphère. Jeremy était toujours accroché au cordon d'alimentation, tombant rapidement dans l'espace maintenant qu'aucun bâtiment n'était raccordé à l'une des extrémités.

Romero a commencé à paniquer lorsqu'une petite meute de zombies remplis d'éclats de verre et de bois a commencé à l'encercler.

La botte du pied droit de Jeremy s'est rapidement débarrassée de la tête des épaules d'un zombie alors qu'il se lançait directement dans la meute de morts-vivants, toujours agrippé à la ligne à haute tension. Il a lancé une fusée éclairante dans la foule alors qu'il passait, a relâché son emprise sur la fine corde et a atterri sur un autre zombie qui rampait sur Romero. Il a utilisé le zombie pour empêcher sa chute, écrasant sa tête molle et pourrie et le cerveau qu'elle contenait sous sa botte recouverte de trous lorsqu'il a atterri.

Jeremy était debout, fier d'être un homme qui avait relevé le défi le plus difficile dont on puisse rêver, non seulement en sortant vainqueur, mais aussi en protégeant les autres. Il a tiré à nouveau, emportant un autre zombie et effrayant le reste de la meute.

Romero baissa les yeux sur sa jambe et gloussa sarcastiquement. Il s'est penché, l'a tenu et a grimacé de douleur. Un gros morceau de verre et plusieurs éclats de la taille d'un doigt, vestiges du hangar utilitaire qui a explosé, lui traversaient la jambe. Du sang en a coulé sans aucune excuse.

« Heh... ça pourrait être un problème. » Le docteur gloussa désespérément.

« Oh merde ! » Jeremy a lâché.

ROMERO, L'AIR DÉSESPÉRÉ et vaincu, fouilla dans sa poche, en sortit un trousseau de clés et les offrit à Jeremy. Le cœur de Jeremy s'est effondré. Son sentiment de fierté s'est évaporé. La prise de conscience que ses propres actions avaient causé à son ami une blessure horrible qui, selon toute probabilité, entraînerait sa mort, l'a plongé dans une profonde tristesse.

« Prends mes clés et cours devant. Si je n'y arrive pas, au moins l'un de nous survivra », a déclaré le Dr Romero.

Jeremy avait l'air sévère mais a compris, remettant à Romero son pistolet lance-fusées et les obus restants. Il a pris les clés de Romero avec sa batte en échange.

Jeremy a placé une main sur l'épaule de Romero et a fait appel à toute sa volonté pour regarder Romero dans les yeux avec sévérité et confiance.

« Très bien. Tu prends le pistolet lance-fusées alors. Je vous verrai bientôt », a-t-il demandé, presque commandé, au médecin âgé.

Jeremy s'est enfui sur le chemin de terre alors que Romero tirait un coup de feu sur un zombie qui approchait.

Le son des fusées éclairantes du FASH s'estompait de plus en plus au fur et à mesure que Jeremy courait plus loin sur la route.

CHAPITRE 13

Romero a lentement lutté sur la route, s'est appuyé sur un arbre et a tiré quelques autres coups de feu sur des zombies. La fin de l'après-midi était passée au début de la soirée, et il a commencé à remarquer que le ciel changeait de couleur à mesure que le soleil se couchait et que la lumière du jour commençait à diminuer.

Romero a tiré un autre coup de feu sur un zombie solitaire sur la route devant lui. Il faisait encore plus sombre alors que le soleil se couchait rapidement en Haïti.

Une courte randonnée en boitant plus tard, Romero s'est approché de la façade de sa maison, illuminé de l'intérieur par des lumières.

« Dieu merci, j'y suis arrivée ! » Romero ne s'est exclamé à haute voix à personne en particulier.

Romero a trouvé la porte déverrouillée, l'a ouverte et a jeté un coup d'œil à l'intérieur avec prudence. Il semblait que les tiroirs et les armoires avaient déjà été fouillés à la recherche de fournitures. Toutes les lumières étaient allumées, mais la maison semblait vide.

« Jérémy ? » Le Dr Romero a appelé.

Il n'y a pas eu de réponse.

Le médecin a pris une fraction de seconde pour évaluer ses options et s'est rendu compte qu'il se sentirait beaucoup plus en sécurité derrière les quatre murs de sa maison, avec la porte verrouillée, qu'en plein air, que Jeremy soit toujours là ou non.

Il est entré et a verrouillé la porte de l'intérieur.

Jeremy a dû déjà regarder autour de lui et s'être rendu à l'atelier. Je vais sûrement devoir expliquer un peu mes recherches avec le couple reproducteur, mais il doit comprendre à quel point mes recherches sont importantes, s'est dit Romero.

Romero a marché dans le couloir et est entré dans l'atelier, se cachant péniblement dans les escaliers. Une seule lumière tamisée éclairait à peine la pièce. Dans la pénombre, Romero a reconnu la silhouette de Jeremy tenant toujours la batte.

« Dieu merci, tu l'as fait ! Je peux expliquer les zombies dans la cellule », balbutia Romero dans une explication précipitée.

Romero s'est retourné et a actionné l'interrupteur situé à proximité.

« Je suis juste heureuse d'être arrivée ici en vie malgré mes blessures...

»

Romero a continué, distrait.

La voix de Romero s'étouffa de terreur. Dans l'atelier désormais illuminé, il a pu constater que les établis avaient été renversés. Le stylo à zombies était ouvert. Au centre de la pièce miteuse, Jeremy se tenait debout. Il avait une blessure béante au cou et une autre à l'épaule ; sa peau avait pris une pâleur gris-vert pâle et ses yeux noirs brillaient de mille feux. De petites marques de morsure étaient éparpillées sur son visage, ses bras et ses jambes. Il tenait le bébé zombie mouillé et ensanglanté.

Derrière lui, sur le côté gauche, se tenait la mère zombie, un grand trou béant où se trouvait son ventre. Elle avait l'air menaçante, sans aucun collier de contrôle. À côté d'elle se tenait le « père », en colère et affamé. Il lui manquait également son collier de contrôle. Les quatre morts-vivants fixèrent leur regard vorace sur Romero.

Un son tendu et grinçant émis par Jeremy.

« Félicitations... C'est un garçon ! »

LA FIN.

Also by Mike Gagnon

Orlok
Orlok

Standalone
Skidsville
The Island of Dr. Morose
The Illusion of Freedom
A Letter to the Middle East
A Western Gentleman
Project Magenta
L'île du Dr Morose

Watch for more at www.mikegagnon.ca.

About the Author

Mike Gagnon is an author living in the Niagara Region of Canada.

He has been a professional writer and comic creator since 2000. He has written, illustrated and edited hundreds of books, articles and graphic novels.

Mike has worked for publishers of all sizes, from Marvel Comics to many small press publishers.

For more info visit: www.mikegagnon.ca

Read more at www.mikegagnon.ca.

www.ingramcontent.com/pod-product-compliance
Lightning Source LLC
Chambersburg PA
CBHW030544200626
46812CB00020BA/1803